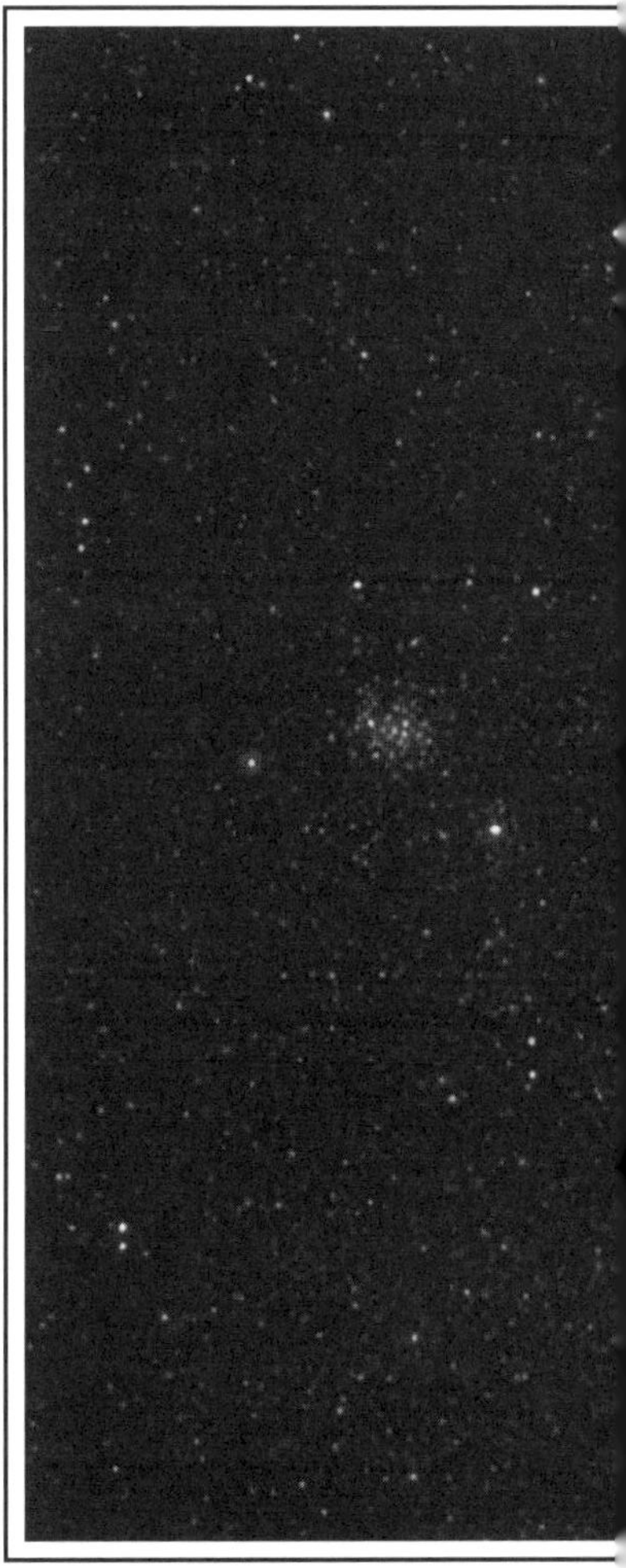

プレセペ讃歌

てんでんばらばらに群がりあう短編集

絲杉幽
ITOSUGI Kasuka

文芸社

目次

プレセペ讃歌

プレセペ？　かに座にある散開星団　重力でつながりあう　不規則でまばらな星の群れ
この蟹は　ギリシア神話の　レルネーの沼にすむ　化けガニ　かにの甲羅のあたり
プレセペは　ぼお～っとひかってる
プレセペとは　ラテン語で　Ｐｒａｅｓｅｐｅ　「飼葉桶《おけ》」の意味
かいば槽を囲む四辺形　北と南に陣どる　二匹のロバさん　かいばをつっつきあう
所かわって　イギリスでは　蜜蜂のむれ　ビー・バイブ　蜜蜂の巣とみる
中国では　ししき　積尸気《ししき》「積み重なった死体からたちのぼったガスのかたまり」
人魂のような光の塊　鬼火　ドロンとかすんで見える
中国では　かに座は鬼宿　鬼は　死人のたましい　ああ　ドロドロ　ドロ～ン
古代ギリシア　プラトン先生とお弟子さん　霊魂が天へとのぼってゆく門とみた
プレセペは　古代バビロニアの昔から注目されてはいたが「小さな霧」あつかい

なにやら　もやもやして　正体不明なままだった
これをはっきりさせたのは　あのガリレオ・ガリレイさん　手製の望遠鏡で
プレセペを観測し　ただ一個の天体ではなく　約四十個の星の集まりだとつきとめた
北と南のロバさんのほかに　三十個以上の星をかぞえたんだとさ
現在では　数えること　なんと　五百七十七個

霊的　無気味　曖昧模糊　ほのぼの　メルヘンチック　可愛らしい
雑多な　断片　寄せ集め　短編集のタイトルにピッタリ?
ぶんぶんぶん　ハチがとぶ～ン　ブン!
バズ学習?　好き勝手に　ブンブン言いあって　適当にまとめましょう
おれの話をきけ～　ちょっとだけでいい
うるせ～　やかましい　きいてられるかあ
ちょっと～　わたしよ　ア・タ・シ!
春の宵　二匹のロバさん　飼葉桶に　頭つっこみ　かいばモグモグ　おいちいな
すぐそばを　ひゅう～どろどろ・・・霊魂がかけのぼってゆく～　てか?

統制とれてなさそうなのに　なぜか　みんなそろっていっせいに　同じ速度で
一角獣座の方向へ進んでいるんだって　なんだか不思議だね

アステリオーン　冠座ものがたり異聞

北の冠座には絢爛《けんらん》たる伝説がありますが、その裏にはもうひとつの物語がかくされています。ふつう語られているお話は、次のようなものです。

舞台は、クレタ島。ここには、いったん迷い込んだら出られない迷宮（ラビュリントス）がある。ここにすんでいるのは、牛頭人身の怪物ミノタウロス。何故こんな、頭は牛で身体は人間の怪物が生まれたのか。それは、ミノス王に下されたポセイドンの神罰。

ミノスは、大神ゼウスとエウロペの息子。クレタ島で、クレタの王に養育された。王が亡くなったとき、ミノスは自分が王にならんと欲したが反対され、自分は神々からこの島を授けられたと主張し、その証しに海神ポセイドンが海底から牡牛を送ってくれるなら、その牡牛を海神に捧げると約束した。海神がすばらしく見事な牡牛をつかわされたので王国を得たが、惜しくなり別の牡牛を海神に捧げた。ポセイドンは怒り狂って、ミノスの妻パーシパエーに牡牛への常軌を逸した恋情をおこさせた。王妃と牡牛とのあいだに生まれたのが、ミノタウロス。ミノスは、妻と怪物ミノタウロスを迷宮深く閉じ込めた。

ミノス王は、アテーナイを属国とし、ミノタウロスの生け贄として七人ずつ少年少女を送り込むことを強制した。このなかに紛れ込んでやってきたのが、アテーナイの王子テーセウス。ミノスの娘アリアドネーにたすけられ、怪物ミノタウロスを退治した。二人は船でクレタを脱出するが、神のはからいか、アリアドネーはディーア島に置き去りにされる。嘆き悲しむアリアドネー。そこへディオニュソスがやって来て、アリアドネーをなぐさめ妻にした。結婚の贈り物として、美しい冠を与えた。幸せな結婚生活を送りアリアドネーが亡くなった後、この冠は天にかかげられ、冠座となった。


さあ、いよいよ、もうひとつの物語を始めるときがきました。舞台は、クレタ島。この島では古来より牛が大切にされ、牡牛崇拝の儀式が執り行われていました。

ミノス王の都。壮麗なクノッソス宮殿。

この部屋、あの部屋。数え切れない、おびただしい部屋。部屋から部屋へ。階段を上ったり、下ったり。回廊、部屋、階段。また下ったり、上ったり。あちらへこちらへ行ったり来たり、もどかしく歩きまわる。部屋べやの壁を彩る壁画の数々。軽やかな衣装をまとった美しい娘たちがたわむれる図。牛跳びの図、軽々と牛を跳び越える。軽業または、儀式。回廊には、ところどころに大瓶《おおがめ》がおかれている。時折あらわれる牛の角の意匠。迷い込んだら出られないかどうかはともかく、複雑に入り組んだ宮殿。くねくねと、行きつ戻りつ繰り返す・・・さらに、さらに突き進んで、奥まった一角。こざっぱりした部屋のなかへ、うら若い娘が息せききって飛び込んでいきました。

「お兄様、アステリオーン兄様！　大変です！」

「なにが大変なんだ？　アリアドネー」

「アテーナイからの少年少女使節がまたやってくるそうです」

「そうらしいな。棟梁もそう言っていた。しかもそのなかに、アテーナイの王子がまぎれこんでいるそうだ」

「棟梁が・・・さすがに地獄耳ですね」

「ああ、憂鬱になる。またしても血なまぐさいことに加担しなければならないと思うと、むかむかしてくる。一刻も早く、残酷な儀式などやめてほしい・・・まったく父上にも困ったものだ。それにしても、王子までやってくるとは一体・・・」

「不吉な胸騒ぎがします。なにか良くないことが起こりそう・・・。わたし、お兄様と離れるのだけはいや。もしなにも起こらなくても、このままでは、わたしは他所へかたづけられるか、恐ろしい蛇神さまの巫女にされるかです。どちらもいや！　お兄様とず～っと一緒にいたい」

「父上を止めることもできない、こんな不甲斐ないわたしといてもおまえにいいことはあるまい。よそへ嫁に行った方がいいのではないか。アテーナイの王子なんかちょうどいいんじゃないか、どうだ？」

「お兄様、ひどい！　わたしの気持ちは決まっています。死ぬも生きるもあなたとご一緒に。あなたは、強い運をもっているはず。どうか、わたしを離さないでください、アステリオーン！　その、星という名に恥じぬよう」

「星は星でも、わたしは不幸の星を背負って生まれてきてしまった。だが、嘆いてばかりいても時間の無駄だ。ひょっとすると、これこそ千載一遇の機会かもしれない・・・。棟梁にも相談して、良策を練るしかあるまい。アリアドネー、おまえも協力してくれるな」

「もちろんですわ、お兄様！」そう言うと、ふたりはひしと抱き合いました。

迷宮　迷宮　迷宮

ラビュリンス　Ｌａｂｙｒｉｎｔｈ　ラビュリントス　Ｌａｂｙｒｉｎｔｈｏｓ
ラブリス　ｌａｂｒｙｓ　諸刃の斧　クレタのストロング・シンボル　蝶々
若い乙女　クレタの王女が先導してくれる　時折振り返っては　差し招く
金髪の若い美丈夫がそれにしたがう
あの階段　この階段　上ったり下りたりする　繰り返す　繰り返す　上ったり下りたりを繰り返す

王女の指し示す部屋　なかに待っているのは　もうひとりの美丈夫
銅色の髪　かんむりをかぶっている　クレタの王子
笑顔でまずは棟梁のはなし　この会談も棟梁のはからいで実現した
棟梁は偉大な建築家　巧みな工匠　創意ゆたかな発明家　この宮殿も棟梁がつくった
迷宮のようなこの宮殿　悪夢のような　目眩く　たくらみにみちた　ラビュリントス
あの悪名高い怪物はいずこ？　あなたには　わたしが怪物にみえますか？
そんな怪物などはじめっからいない　ミノタウロスはいない
真っ赤なつくりごと　近隣を震え上がらせるための　こけおどしにすぎない

ミノス王の計略　　ミノス王の　はかりごとがあるばかり
だが一方で　猛威をふるう　怪物はここにすみついているとも言えます
いったい　怪物　ミノタウロスとは　なんでしょうか？
その一端を　わたしも　になってきました　加担させられてきました
嫌々ながらとはいえ　わが父　暴君　ミノス王には逆らえませんでした
人身御供の風習など　まるで無意味　もうこんなことは終わらせましょう
どうか力をお貸しください　　もちろん異存ありません　　協力いたします
どうぞ　このまま　お戻りください　では　急ぎましょう

　おれは下へ下へと降りてゆく
そうだ　ここからが真の迷宮なのだ
暗黒の闇だが　かんむりの宝石が灯火がわりに照らして　おれを導いてくれる
長い間　堂々巡りに明け暮れたが　もはや逡巡する猶予はない
すでに用意ずみの死体　おれは素手でその顔面をおもいきりたたきのめす
すでに冷え冷えとした頭部がめちゃくちゃに破壊され

誰のものやら見分けもつかない
こうして　おれはおれ自身を殺す　おれの存在を葬りさる
儀式用の牡牛のかぶりものが　放り投げられ　ガラガラと転がっていった

夜陰にまぎれて　アテーナイへ出帆する船
ひそかに乗り込む　王女とその連れ　黒装束で身をかくしつつ

宮殿の奥ふかく　めちゃくちゃに荒らされた部屋
ころがっている死体　　あらかじめ用意された死体とは　だれにもわかるまい
顔面は毀《こぼ》たれ　見分けもつかない　かたわらには　牛頭のかぶりもの
ミノタウロスは死んだ　怪物は死んだ
怪物は　アテーナイの王子に　退治されました

夕闇につつまれた、ディーア島。二つの人影が、遠ざかってゆく船を見つめています。

「アリアドネー、おまえはあの王子とともに行ったほうがよかったのではないか？　こんなところで、苦労するよりも」

「なにを言うの。あの方にはほかにいくらでも女の方がいますわ、あなたとちがって」

「宮殿が恋しくはないか？　こんなところじゃ」

「わたし、お兄様がおもうよりずっと野生児なのよ。この島の探険が楽しみですわ」

「まっ、どおってことないか。あそこの窮屈さにくらべたら、ここは天国だ。ああ、清々する！」

そういいながら、全身をおおっていた黒い布切れを払いのけました。頭には、冠を被っていましたが、それも脱ぎさりました。豊かな銅色の頭髪におおわれてはいますが、小角のような突起物。クノッソスの宮殿でしばしば見られた牛の角の意匠によく似ているようです。

「もう隠す必要もあるまい、こんな無人島では」

「ここでは、わたしたちを気にする人目もありませんね。なにはともあれ、自由です」

「今まで、自分の馬鹿力も厭わしく、人を傷つけぬかとびくびく生きてきたものだが、ここでなら役に立ちそうだ。思い切り腕をふるえると思うと、楽しみでわくわくする。樹木も沢山あるし、簡単な住まいならすぐにも造れそうだ」

「力はないけれど、わたしもなるたけお手伝いしますね」

「そうだ、アリアドネー。この冠をおまえに捧げよう。わたしが今もっている唯一の宝物だ」

「うれしいわ、アステリオーン。これからずう〜っと一緒ね」

「ああ、ずう〜っと一緒だ。・・・とりあえず、夜露をしのぐ洞窟でも探そうか」

「洞窟も素敵そう・・」

ひたひたと押し寄せる夜のしじま・・密やかな息づかい・・・。

「どうやらここには、なにかいるようだ・・」

「そうですね・・」

「心配するな。父上にくらべれば、どんな獣もかわいいものだ。だが、傷つけ合うのはいやだし、どうしたものか」

「お兄様。それならきっと、お兄様のリラの腕前が役に立ちますわ」

「しまった、忘れてしまった。作るとなると棟梁にでも頼むしかあるまい」

「大丈夫！　もって来ました、小さいのですが」

「アリアドネー、おまえ、手回しがいいな。小さかろうと問題なかろう」

二人が見つけた洞窟から鳴り響いてくるリラの調べ。心とろかす美しい旋律にのせて、優しい歌声も響いてきます。

♫ 眠れ　眠れ　心静めて
行こう　行こう　眠りの国
辿れ　辿れ　夢の旅路を

鳥や獣や植物までもすやすやと眠りに落ちてゆきます・・。

リラの調べの威力もさることながら、力の強さや賢さ、とりわけ優しい気持ちがつうじて、日を追うごとにけものや先住者たちと仲良しになっていきました。

アステリオーンは「牡牛の角をもつ男」と呼ばれ、けものや山野の住人サテュロスたちを従わせるようになりました。そしてその類似性から、ディオニュソスと混同され、その伝説に組み入れられるようになったのでした。星を意味するアステリオーンという名は、もっぱらごく身内のみで使われるだけになりました。

アステリオーンとアリアドネーは幸せな生活をおくり、四人の子どもをもうけました。アリアドネーが死んだ後で、七つの宝石でかざられた冠は、天へと投げ上げられました。アステリオーンの冠は、本当の星になったのです。

かんむり座の真ん中ちかくでひときわ大きく輝いているのが、二等星の「ゲンマ」。宝石という意味です。二人の愛の証しの冠は、いまでも夜空で美しく輝きつづけています。

南のかんむり　コロナ・アウストラリス

夏の星空を見上げてみてください。南の方角、射手座のひしゃくの形にならんだ六つの星、南斗六星の下のほうに、こぶりの円環のような、半円状に冠のようにも、首飾りのようにもみえる、星のつらなりがあります。これが南の冠座　Ｃｏｒｏｎａ　Ａｕｓｔｒａｌｉｓ　コロナ・アウストラリスです。

もっと北にある冠座（Ｃｏｒｏｎａ　Ｂｏｒｅａｌｉｓ）コロナ・ボレアリスは、ディオニュソスがアリアドネーにおくった冠という華やかな伝説に彩られています。一方、南の冠座にはこれといったお話も伝わっていません。ちょっと淋しい気がします。そこで、このささやかなお話を考えてみました。

そもそもこの冠は、なんでしょうか？　この冠こそ、賢者ケイローンに捧げられた、月桂樹の葉でつくった冠、月桂冠なのです。南の冠座は、射手座の足もとに横たわっています。そして射手座は、弓に矢をつがえるケイローンの姿をあらわしています。

ケイローンは、半人半馬のケンタウロス族の一人。父は、時の神クロノス、母は妖精ピリュラー。ケンタウロスの姿をしてはいますが、ケイローンは賢明で正しい、野蛮で乱暴なケンタウロスらしからぬ賢者でした。音楽、医術、狩り、運動競技、予言の術を太陽の神アポロン、月の女神アルテミス兄妹からさずけられていました。その名声は高く、アキレウス、アスクレピオス、ヘラクレスなど多くの英雄が、ケイローンに養育をまかされました。

それでは何故、ケイローンは星座に上ったのでしょう。それには、ケイローンの死について語らねばなりません。

ヘラクレスがケンタウロスたち共有のお酒を飲んでしまったのが原因で、諍《いさか》いが起こりました。ヘラクレスは、弓矢でケンタウロス族を次々に殺してゆきました。この騒動の渦中に、ヘラクレスの放った矢が、あろうことかケイローンの膝にぐさりと突き刺さってしまいました。矢にはヘラクレスに退治されたレルネーの沼地の水蛇ヒュドラの猛毒が塗ってありましたから、ケイローンは苦しみもがきはじめました。

「ああ、我が師よ。あなたがここにいたとは・・・。おれはなんということを」

「ヘラクレスか・・おまえの活躍はたいへんな評判だが、今回は無茶苦茶やりすぎたようじゃな。弟子にはゆめゆめ気をつけるべし、そういう預言がでておったのを思い出した。これも運命なのだろう。受け入れるしかない。だがな、ひとつ困ったことがある。おまえも知ってのとおり、わたしの父はクロノス。神の血をひくわたしは、不死身なのだ。人間どもは不死を願うが、不死身とは思いのほかやっかいなものなのだ。弓矢で傷つき、ヒュドラの毒がまわっても死ねないのだからな」

ケイローンは震えながら、こういいました。

「我が師よ。ああ、おれはどうしたらいいのだ」

「おまえ、ゼウスの息子だったな。ゼウスにたのんで、わたしの不死を解いてくれ。このままだと、苦しんでも、苦しんでも、苦しんでも苦しんでも・・、わたしは死ねない。永遠にもがき苦しみつづけることになるばかりだ」

ケイローンは息も絶え絶えに、体は痙攣していました。

ヘラクレスが大神ゼウスに願うと、ゼウスはケイローンを不死から解き放ってくれました。そしてケイローンを惜しんで、天上の星座に上げてくれたのでした。

ケイローンが天に上がったときに、この冠もあとを追うように、天へと駆けのぼってゆきました。ケイローンは、百芸の師とよばれる賢者ですが、自分では諸芸百般に通じた優勝者としての意識が希薄でした。そういうわけで、こんな栄冠のことなどまるで失念していました。

月桂冠が師匠の頭めがけて駆け寄っていくと、ケイローンは困ったように小さな輪ッカを制止しました。

「こら、こら！　気が散るから、頭はまずい。わしのここでのお役目は、天の蠍《さそり》をみはることだ。頭のうえになにかあると、鬱陶しくていかん。蠍の心臓をねらう手元がくるいかねん。どこかそこいらへんの適当な・・・邪魔にならんところにいてくれないか」

それでこの冠も、ハイ、ハイ、邪魔はいたしませんという風情で、ケイローンの足もとちかくでひかえめに、付き従うようにちんまりとたたずんでいるのです。

この冠は、北の冠にくらべて派手さにはかけます。たかだか四等星の星のあつまりにすぎません。北の冠は宝石でできているのに、こちらは草の冠です。だから地味ではありません。しかし、名誉のしるしとして、不滅の輝きを放ちつづけているのです。

フーガ　追いかけて追いかけて、逃れのがれて、遁走曲

月夜の晩、ひとりの男が人影のない街路を歩いていく。頭には被りもの、長衣を身にまとった姿。長い影法師。ブツブツ、ブツブツ・・・男からあふれ出る言葉たち。

アイツどこをほっつき歩いてるんだ。いつもいつも反抗しやがって。一体、何様のつもりだ！　あんなのを野放しにしておいたら、秩序が崩壊する。秩序を愛する余の邪魔ばかりしおって。あの脳タリンめ。

いつもいつもうるさいぞ、あのガミガミおやじ！　オレ様を押さえ込もうとしても、それは端《はな》から無理な相談だ。秩序だあ？　聞いてあきれるぜ。自分こそ、したい放題やりやがって。不満たらたらなのは、おれだけじゃないんだぜ。

嗚呼！　なんて整然としたいい街だ。さすがは余の街だ。たくさん寺院も建てた。たっぷりと寄進もしたぞよ。わが宗派も強大になった。宗派も、わが名声も津々浦々までひろがりつつある。めでたい、目出度い。

おまえ馬鹿か！　お目出度いのはおまえ自身だ。専制君主だけでもよくないのに宗教にまで口出ししやがって。悪名が倍増しているのがわからんか、この自惚れ屋め！

余はれっきとした聖職者だ。わが宗派をわたしほど厳格に実践している者などおらん。神にたいする燃えるような敬虔さ。わたしほど宣教にふさわしい人間もおるまいて。この不信心ものめが！　哲学にかぶれた結果がとんだ無神論だ。

敬虔ぶりやがって、この偽善者めが。おまえほど罰当たりなヤツもほかにいないぜ。不信心おおいにけっこう。こちとら正直者なだけだ。神なんていないんだ。たとえ無神論者とののしられようが、おまえよりはましだ。おまえがやったなかでほめられるべきことは、学問の保護だけだ。ほかはろくでもない。

そう、そう、学問。おまえですら認めざるをえまい。余は学芸を保護しておる。「知恵の館」・・・なんと麗しいではないか。わたしの都はみかけだけではないぞ、知識がつまっておるのだ。古代の学問、そして最新の知識だ。

物陰からうかがうもうひとつの影。

ようし、今晩こそ、あの暴君を始末してやるぞ。このままじゃ、まっとうな庶民の楽しみまでが奪われてしまう。こんな極端な統治なんか、ごめんだ。あんな頭のおかしい暴君、迷惑千万だ。あんなのにかかっちゃ命がいくつあっても足りねえ。王様のくせにあんなみすぼらしい格好しやがって、妙チキリンなやつ。よし、このままつけて行ってすきをついてやるぞ。

学問、知識がきいてあきれるぜ。おまえはなにも学んでいない。よくよく考えてみればわかる。神が人をつくったんじゃない、人が神をつくったんだ。

こらこら、物騒なことを言うでない。この哲学かぶれが！　ああ、神よ、許したまえ。こんな無神論者が、余の身近にいるとは。聖職者として許しがたい。面目まるつぶれだ。

なに言ってやがる。このえせ宗教かぶれが。敬虔ぶってるが、おまえもほんとうは神など信じちゃいないだろ？　おまえは自分の悪行を神様のせいにばかりしてる。おまえのやってることは、宗教の利用、いや悪用だあ。異教徒を差別し虐げるだけでは足りず、同じ宗教のなかでも派閥をつくってはいがみあう。ああ、やだやだ。神様ってのは、そんなにせせこましい、チマチマしたものなのか？

余は厳格主義者だ！　おまえのようにいい加減ではない。どこに対しても公正に厳しく対処しているのだ。

厳格主義者ねえ・・・たしかに厳しく区別してる。宗教にあわせて、黒いターバン巻けだの、十字架つけろだ、鈴つけろだと。内心の差別だけでは足りずに、目に見えるかたちで偏見や敵愾心をあおろうというのか・・・えげつないぜ。

目に見えたほうが、わかりやすくていいではないか。いやなら出て行くがよかろう。ここはあくまでもわが宗派の国なのだ。悪平等の国にあらず。

異教の教会は廃止、財産没収。これまでだれもが手をつけなかった、もっとも貴いとされた教会すら破壊。無残にぶっこわした。

もちろん破壊。重要と目されるところほど破壊する意義がある。一切例外などあってはならん。例外などどみとめていたら秩序が骨抜きになる。徹底してやらねばの。そのかわり、余はたくさん聖堂をつくった。

異教、異教いってるけど、ほんとは同じ神様じゃなかったっけ・・・。気難しい父親の愛顧をうばいあっている兄弟同士とちがうか・・・。共食いの類いか。それだけじゃない。同じ宗教内でも派閥争い。せせこましいなあ。他派の指導者の好物は禁止。食べ物に罪はないっての。

だが他派に厳しいのと同じく、余自身、厳格に教えをまもっておる。飲酒は禁止。歌舞音曲も禁止。教義どおりじゃ。間違っておらん。

頭かたいなあ。迷惑千万な教条主義だ。石頭は自分自身だけにとどめてほしいよ。おまえみたいのが統治してるのがそもそも間違いなのか。ワインは没収し、大河にぶちまけ流してしまった。ブドウの栽培を根絶するため、すべてのブドウ園を破壊しただあ。やりすぎなんだよな。恨まれているんとちがうか。遊興も禁止。船遊びは禁止、運河への立ち入りすら禁止。浴場に女性は行くな、女風呂は閉鎖。あれだめ、これだめ。これじゃ、なんの楽しみもない。民の不満は爆発寸前だ。

なんのなんの、淫逸に流されがちな風潮、風紀を乱す元をたちきった名君と称賛する声がきこえる。余を教祖とあがめる者までおるそうじゃ。カリスマどころか神格性とは、さすがに余も恐れ入るがの。

あほらしい。狂信的な輩はどこにでもいるもんだ。だがそれはごくごく少数派だろう。大多数は、おまえの冷酷な統治に恐れおののいているんだ。流されたのはブドウ酒だけではあるまい。おびただしい血もな・・・。

それもこれも秩序を守るためだ。厳しく対処することが重要なのだ。情け容赦などあだになるばかりよ。

ばかばかしいほど冷酷だよな。ささいなことにも厳罰をくだす。一体何人殺めた？　ほとんどが無益な殺戮だったんじゃないか・・・。残忍といわれてもしかたない。

長い影法師は、市街をはずれ、郊外へ郊外へと向かってゆくようだ。

畜生！　あの宦官のブタ野郎！　あんなの生かしちゃおけまい。父が亡くなったのをいいことに、余が幼いことをいいことに・・・後見者などと抜かして余を監禁したんだぞ。そのうえ体よく、おのれは宰相になりやがった。政権をほしいままにしおって。あんな宦官野郎ゆるせないぞ。あいつを刺し殺して、ほんとにスッキリした。あいつを殺すことで余は、本来余がもつべき自由を勝ちとったのだ。

あれは、まあ仕方あるまい。相手が相手だった。あいつの自業自得だ。だが、そのほかはどうだろう。ちと厳しすぎたんじゃないか。為政者としてもうすこし寛大なところをみせてもよかったんじゃないか。

そうはいうが、誰も彼も信用ならん。だれもがアイツの回し者にみえてくる。誰も彼もがあやしい。召し使い、側近、高官、一般市民。アイツはなんにでも姿をかえる。すべての者があいつが糸をひく者か、あいつ自身だ。

病気だな、あいつにとりつかれてる・・・。もうちょっと冷静になっちゃどうだ。あいつは、あの宦官は、とっくの昔に死んだんだ。おまえがその手で葬った。いいかげん、あんなのから脱却しろってんだ。

余はおまえほど能天気ではない。ああいう輩は不死身なんだ。何度でも生き返る。根絶やしにしなかったら、どこまでもはびこる。おまえはお気楽に怠けほうけているくせに時々、したり顔で指図しようとする。大体おまえこそ、一体なんなのだ？　一番あやしいのはお前だ！

やだ、やだ。今度はおれかよ。おまえがおれなら、おれだっておまえだ。同居人を忘れてもらっちゃ困る。

余としたことが、うかつだった。お前こそが、最大の困り者。不倶戴天の敵なのを見過ごしていた。足並みの乱れのもと、不徹底のもとはお前なのだ。要するに、おまえは邪魔者だ。

そう言われては、穏健派のおれも言い返すしかないな。困り者なのは、おまえだ。みんなにとってもそうなんじゃないか。ちゃらんぽらんなおれがやったほうがまだましだとさ。みんな安眠できる。実は、おまえが寝込んだすきに、時折おれは宮廷内をぶらついていた。

おれの態度がお前とちがうんで最初は面食らっていた連中も、いつもそういうさばけた態度だと本当にたすかるんですが、と言っておったのだ。

何だと・・・どうりで時々腑に落ちぬことがあった。お前の仕業だったのか。うぬぬぬ・・勝手なまねをしおって。捨て置けぬな、余にとってかわろうとは。

おれは玉座になど興味ない。知恵の館の末席にすわってるほうが落ち着く。おまえがやり過ぎるから、火消しに努めていたまでのこと。おれにとっちゃ普通にしてるだけでも、いつもとちがって謙虚だ、温かみがあるなどと言われて、微妙な気分におちいった。おまえの治世も長くはあるまいと予感したよ。

ええ〜い、言うな！　この盗っ人めが。余をのっとるつもりか。お前を追い出すしかないな。

無理なんとちがうか？　できるならやってみるんだな。おまえこそ、あとからやってきたのかもしれんな。本来のおまえはおれで、おまえはあいつにとりつかれ毒されてしまったおれじゃないのか。だからそんなに猜疑心の塊なのだ。そうは思わんか？

この〜、屁理屈だけは立派だが、ちゃらんぽらんののらくら者め。ええ〜い、許しちゃおけん。なんだ、この暴力おやじ。痛いじゃないか。自分で自分を殴ってどうすんだ、からだは大事だぞ。お前を追い出すためにやってるんだ、この不敬者めが。こっちこそいままで大目にみてきたが、おまえと同居じゃ平安がたもてない。いらぬ禁制ばかり思いつきやがって。せせこましくていけねえ。こうなったら平和のために応戦するぜ。生意気な、余こそが王じゃ。おまえのようなバカ者は出て行け！　おまえこそ出て行け。極端！いいかげん！　出て行け！　出て行け！　おまえこそ出て行け。おまえこそ出て行け。・・・ええ〜い、おまえは木霊か。なにをおまえこそ、やまびこか・・・余の揚げ足ばかりとるな！　なにをっ、おまえこそおれの足をひっぱるな！　なにもしとらん。なんじゃ、これは？　足場が崩れていく。しまった、流砂か？　蟻地獄、砂地獄か。罰が当たったようだな。これでは一蓮托生か・・・ははは、おまえを道連れにできるのがせめてもの救いだ。あはははは、あは・・・

◆王様とおぼしき男をつけていた男の供述◆

正直のところ、アッシにもよくわかりませんでござえます。みすぼらしい身なりの男の後をつけていたのは、その通りでさあ。王様が不釣り合いな格好で散歩するっちゅうのは噂になっとったんで、王様かもしんねえとは思いました。あいつが王様かどうかはともかく、どうも妙チキリンなやつでした。隙あらば金品でも盗んでやろうと後をつけましたです。

はじめのころは速足でなんかを追っかけているような、んじゃなきゃ、なんかから逃げているような、そんな様子でやした。なんか独り言をぶつくさ言っとるような気もしやしたな。それが、砂漠さ入ってからは、動きが激しくなって、わめきながら暴れまわっておりやした。妙な話ですが、一人で暴れているというよりは、二人いて喧嘩をしあっとるような案配にみえました。罵りあいながら、最後は取っ組み合いになりました。あっしは隙をつこうと待ちかまえとったけども、勢いがすごくてとても近づける状態じゃありませんでした。しつこくやりあっていたども、そのうち砂のあいだにふっと姿が消えてしまったんでさあ。それこそ、砂だまり、砂蟻地獄にのみこまれたんだと思いやす。

おまえが短剣で切りつけたんだろうって？　めっそうもござんせん。こちとら、しがない、こそ泥でさあ。そんな大それたことできゃしません。短剣で刺した衣服が見つかったあ～っ？　殴り合いしとりましたから、短剣も持ち出したんでしょう。だけんど、中身は見つからなかったんでござえましょう？　それこそ、あっしの言うとおりで。スパッと消えたんでさあ。摩訶不思議なこって。もしかしたら、神の手が下されたのかもしれねえ。神様とは、げに有り難いものでござえます。ああ、ありがたや、ありがたや・・・。

＊＊＊＊＊＊

神よ　ああ　神よ　至高なる神よ　　あの方は教祖　神にも等しい
わたしを俗世よりお解き放ちくださり　　あの方は殺されて死んだのではない
有り難うございます　感謝にたえません　　幽冥界でのお隠れに入られた
これからは身も心も　すべてをあなたに捧げます　　復活の日を待とう
ああ　神は偉大なり　アブラカダブラ　ブーラブラ　　あの方は救世主

ああ　神は偉大なり　チチンプイプイ　ププイノプイ　救世主は再臨すべし

広大なる砂漠、光の矢に撃たれて。裸同然のひとりの男が大地にひれ伏す。

閉じた時間の環　時空にすむドッペルゲンガー

おれは、熱っぽい視線を、自分でつくったメモ書きの紙面に向ける。それは、おれが雑多な書物から引き抜いてきた、知識の断片の寄せ集めだ。

たいむ・ましん　待夢・・麻疹　タイムマシンの作り方
地球から遠ざかるロケット。そこから眺める、タキオンでできた望遠鏡。タキオン、光よりも速く、時間を遡《さかのぼ》る。時間の覗き穴。時間の結節点。タキオンの鏡。
アレフ、無限大の濃度。アレフ・・空間の結節点。空間の覗き穴。どこでも眼鏡。
タイム・マシン。タイム・トンネル。タイム・ワープ。もし、タイムトラベルを扱うなら、因果律にご用心！　原因があり結果がある。過去を変えてはいけません。祖父など殺す前に、あなた自身が宇宙に抹殺されます。覗くだけなら大丈夫。見てるだけしかできません。タキオンの鏡ならＯＫ。

CTL（closed time link）閉じた時間の環　再突入可能な時空の通路。自分が出発した空間の同じ位置の、しかも出発した時間と同じ瞬間に戻ることができる。これぞタイムマシン。

量子結合　隔てられた情熱　たとえどんなに離れていても、あなたとわたしは瞬間的につながってる。光速度なんて関係ない。テレパシー？　あなたの一部はわたし、わたしの一部はあなたなの。わたしたちは一緒なのよ！

多世界解釈　並行世界　無限に分岐する宇宙

似ているけれど微妙にちがう。パラレル・ワールド　それは魔法の手　万能の手段

ちょっとでも困ったことがあったら、パラレルワールドに逃げ込みましょう

この手ならあなたにも使えます。

現実保存の法則　因果律破壊　タイムトラベル・パラドックス。

おれは、むさぼり読んでいたメモ書きから顔を上げ、こめかみを押さえつける。頭がくらくらする。このところ、なんとなく熱っぽい。原因不明の発熱と悪寒だ。それとも、こんな小難しい、役にも立たない空想にふけっているせいなのか・・・子どもの知恵熱と大

差ない。頭が足りないくせに、こんなご大層な問題に魅せられている。単細胞なおれの頭脳がこんな荷重にたえられるわけない。当然オーバーヒートしている。だから、熱が出るのだ。

頭がカア〜っと熱い。痛みが襲ってくる。なにやら泣き声がする。子どもの泣き声なのか・・・。不快な不協和音が高まって、意識も遠のきそうだ・・・。

漆黒の空間・・・おれは自分の部屋にいるはずだが、そこだけスポットライトが当たったよう・・・隅のほうがまあるく明るんでいる。光の穴ぽこが口を開けている。おれは誘われるようにのぞき込む。節穴。覗き眼鏡。アレフ・・時間と空間の、時空の結節点。覗き穴から映像がしみだしてくるようだ。

男の子が泣きじゃくって助けを呼んでいる。おれは単に夢をみてるだけなのかもしれないが、おれの耳、おれの目が、いやおうなく次第しだいに引きずり込まれていってしまう・・。いや、おれの体、おれの存在自体がもっていかれそうだ、向こう側へと・・。

鮮明にきこえる、子どもの声。もうあんな父さんなんか嫌いだ！　僕いい子にしてるのに。すぐかっとなってあばれて、僕と母さんのこと、ぶつんだ。母親らしい女の声が追いかける。父さんは本当はとてもいい人なの。事故にあって頭を怪我してから発作がおきるの。わけがわからなくなる病気なのよ。治療がうまくいけば、きっと元の優しい父さんにもどるわ。もうちょっと辛抱しましょうね。・・・虐げられている子どもとその母という構図。そして、二人に覆いかぶさってくる禍々しい黒い影・・・。人影に目を凝らしたところで意識がとぎれた・・・。

どうやらおれは眠り込んでしまったらしい。明るくなって目が覚めてみると、なんとなく様子がおかしい。おれの記憶では、自分自身の部屋で眠ったはずだが、おれが今いるのは、物置のような小屋のなかだ。それが夢のつづきのような、だが現実であることはまちがいようのない何日間かの始まりだった。

思いのほか寝惚けていたのか、おれは最初、自分の知らない場所で寝てしまったのだと思った。もしそうなら、見覚えのある場所を見つけることが先決だ。それでおれは、とくにためらうこともなく小屋から出て行った。

田舎の丘陵地帯。農場のようなところだ。おれはぶらぶらと歩いてみた。来たことがある場所かどうか、なんともいえない・・・。田舎に来てしまったという印象というか、昔の田舎という風情がなにやら懐かしい感じだ。かつての田園地帯はこういうものだった。のどかで気持ちがいい。隣の家は離れているようだ。商店でもあれば都合がいいのだが、すぐに見つかるようでもない。それでもなにか手掛かりがないかと、おれは惰性的に田舎道を歩きつづけた。足もとにはお粗末な舗装の道がつづいている・・・。塀にそってすすむ、おれの目に飛び込んできた標示板。まだ新しいプレートには、Dream Hills Farm と刻まれている。ドリーム　ヒルズ　ファーム　夢が丘農場・・。おれはこのプレートに見覚えがある・・・もっとも、おれが覚えているのはもっと古びてはいたが。子どものころ、おれんちの敷地を囲む塀に張り付いていたものだ・・・。

なだらかな丘陵地帯。はるか遠くにみえる山並み。振り返って、おれはハタとひらめいた。鈍いおれにもやっと勘がはたらいたというべきか・・。おれは戻ることに決めた。あの小屋をはなれてはいけない。おれの直感がそうおれに告げていた。

今おれは、あの納屋のなかにいる。この状況について、あれこれと思案中だ。ここへ戻りがてら、この農場の建物をより注意して観察した。おれが生まれる前にかなりの改築を経ていたようだ。

腹もすいているし、早々に戻りたいがそうもいくまい。いくばくかの時間をこちらでやり過ごさねばならない。持っているものといえば、ポケットに偶然入っていたクレジット・カードにコイン一枚だけだが・・・。ああ、それにしてもこうハラペコでは・・・。

「おじさん、なにしてるの？」

例の子どもが、戸口に立っていた。

不意をつかれておれは動揺したが、極力平静を装って答える。

「おじさんは、ハラペコで倒れている。・・・あっ、おじさんはあやしい者ではない。遠くから旅してきたが、ここでちょっと休ませてもらっているだけだ」

仕方がないから、おれは適当に答えておいた。数十年後の自分の部屋からなどと言えるものじゃない。

「おじさん、ちょっと待ってて」

そう言うと、男の子は駆け出していった。

しばらくして、男の子は、お盆をかかげて戻って来た。テーブルがわりの木箱の上に置いてくれた、スープとパンとお茶・・・なんて気の利く優しい子なんだ。おれは、がつがつと食べた。おなかが満たされて、やっとおれも落ち着きをとりもどした。

「ありがとうよ、坊や。本当にたすかった。おじさんは遠くからきたんだが、荷物もお金もなくしてしまった。しばらくこの農場で働かせてもらえないか、お母さんにたのんでもらえないかな」

「うん、いいよ、おじさん。きっと、だいじょうぶだよ」

母親はというと、わりにきれいな女性だったが、なによりも思慮ぶかそうな感じがした。子どもといっしょにいるおれを見ると、ちょっと驚いたような顔をしたが、

「そういうことなら農場を手伝って。ちょうど手が足りないところでした」と言ってくれた。あまり図々しくてはまずいと思い、「あの納屋で寝泊まりさせてくださるなら、食事だけでお金はいいですから」と申し出た。こうしておれは、一応の体裁をととのえて、あの部屋にとどまることができるようになった。

さて、いよいよ、問題の男だ。

家屋のほうへふと目をやると、こちらの三人をうかがう車椅子の男がみえた。

「あっ、主人ですわ。紹介しましょうね」

そう言いながら女性が近づいていったので、おれも後につづいた。正直にいうと、おれはすくなからず緊張していた。こわいもの見たさもあって複雑だったが、なるたけ平静をよそおうようにしていた。

顔がはっきりするぐらい近づいたところで、おれは男に向かって頭をさげた。

「あなた、農場で働いてもらうことになったかたですよ」と婦人が言った。

「よろしくお願いします」とだけおれは言った。

おれを見てなにやらギクッとしたふうにもみえたが、男は「よろしくたのみます」と答えた。どんよりした感じだが、存外ふつうのようにみえた。男は車椅子を手早くあやつり、そそくさと屋内へと姿を消してしまった。

女性が「なにか気づきまして?」と聞くので、「体が悪いというわりには、しっかりなさってるようにみえましたよ」とおれは答えておいた。

「わたしには、あなたが夫に似ているように見えます。よくよく顔を見ればすこし違うけれど、とくに遠目からは・・・事故以前のあの人がもどってきたのかと思ったわ、最初あなたを見たとき」

おれは思わず、相手の顔をみかえした。いたって真面目な表情だ。

「そうですかねえ・・・自分にはピンときませんが。あれじゃないですか、他人の空似ってやつじゃないですか、いやはや・・・ハハハ」

おれは笑ってごまかすしかなかった。そう言われても、実際おれにはよくわからなかった。

それ以来、たびたびアイツの視線を感じるようになった。無言の圧力というべきか。こちらからは見えないときでも見張られているような気がして仕方なかった。真面目に仕事をこなし、婦人と子どもとは自然にうちとけていったが、このプレッシャーには正直まいった。そういう数日がすぎて、事件はおこった。

それは、二人に対する虐待から始まった。まだ朝も早い時分、おれは、悲鳴や助けをよぶ騒々しい声で目をさました。おれが駆けつけると、母屋の外であいつが暴れていた。発作というやつだ。車椅子ではなく、自力で立っていた。

「奥さん、ぼうず、大丈夫か？　ご主人、どうか落ち着いてください」

おれの登場は事態を好転させるどころか、どうやら火に油をそそぐ結果になってしまった。それまで、ふたりに向かっていた攻撃が、おれに向けて集中することになった。おれを見る男の目は、怒りで煮えたぎっていた。ううう～と、獣じみた唸り声が漏れでてきた。

「おまえ、一体だれなんだ？　どろぼう猫・・ドッペルゲンガー野郎！　おれからなにもかも奪う気か」と言い放ち、男は、すばやく家へと駆け込んでいった。

ほどなく戻ってきた男、その手には猟銃がにぎられていた。男は猟銃をおれに向けて、「とっととうせやがれ、どろぼうネコ！」と怒鳴りちらした。あきらかな狂気がみてとれた。これはどうしようもない。おれは逃げるしかなかった。逃げに逃げた。銃弾が雨あられと飛んできた。おれにできるのは逃げまわることだけだった。このまま、こっちの世界で、正体不明の人間として死ぬことになるのだろうか・・・。

目茶苦茶な銃弾のなか、広々とした庭のなかをおれは逃げ惑いながら、活路をみいだそうと必死だった。と、その時、おれに向けたサインのように、納屋のまわりの空気がゆらゆら揺らいでいるのをキャッチした。もし、おれにチャンスがあるなら、それしかない！おれは一目散に納屋へと突進していった。納屋のなか・・・あった！壁に、光の輪が出現していた。無我夢中で、おれは光の穴ぼこへとダッシュした・・・。

引き伸ばされるような、圧縮されるような、宙づりにされたような、混沌とした状態のすえに、おれはポンと、放りだされた・・・。

おれは、自分の部屋にもどった。それだけを確かめると、そのまま寝入ってしまった。疲労困憊といった体で、とても起きていられる状態ではなかった。

黒い影が　むくむくと　わきあがり　大きな黒雲となって
追いかけてくる　呑み込まれまいと　もがきつづける
そんな夢の流れのなか　あの二人　母親と　男の子の姿が　紛れ込んでくる
こちらに向かって　手をふっている二人
あっちで見たよりも　よほど　生き生きと　元気で　朗らかそうだ
婦人が　かざしている手　手になにかもっている　四角い　カード
カードを掲げて　振りながら　おれに　示そうとしているようだ
黒っぽい　宝石箱　カードをおさめる
黒雲が　どこまでも　どこまでも　おれを　追い立ててくる

おれが目覚めたのは、日曜日だった。もともとおれがこの部屋で寝込んだのは、土曜日の晩のはず。あちらの世界での出来事は鮮明に残っているのだが、あの何日間かはどこへ消えてしまったのか。・・・出発した空間の同じ位置の、出発した時間と同じ瞬間に戻る・・・とはいうものの、これではまるで夢と同じではないか・・。まるで無意味なループ？

おれはふと思い出したように、クレジットカードとコインをさがした。シャツのポケット、ジーパンのポケット、どこにも入っていなかった。あっちへ置き去りにしてきてしまったのか。いや、もしかすると、はじめっから身につけてなかったのかもしれない。冷静になって、カードを捜してみる価値がありそうだ。

それから何日も、向こうへもって行ったと思われる、カードをおれは捜しつづけたが、見つけ出すことはできずじまいだった。

一方、おれは、これまで無頓着にやりすごしていた、自分の家族についても調べてみる気になった。そしておれは、自分の父方の祖父が早死にした事実をつきとめた。祖父は、父が幼いころに亡くなっていた。祖父の話を聞いたことすらないはずだ。その後、祖母がひとりで父を育てたのだが、おれがまだ小さい時分に祖母も亡くなった。祖母についてなら、おれにもおぼろげな記憶があるような気がしないでもない・・・。

忘れかけた頃、ちょっとした偶然から、カードは見つかることになった。

ある日、やや強い地震にみまわれた。このあたりでも地震はそうめずらしくはない。しごくふつう程度の地震なのに、なぜかここはとくに揺れがひどかったのか、めずらしくもおれの部屋では今までにないぐらい、ものの散乱にみまわれた。もともと整理整頓が行き届いてはいなかったが、揺れの直撃で乱雑な状態がいつになくひどくなったなか、見慣れない黒っぽい小箱を見つけた。なかなか奇麗な宝石箱のようなものだ。蓋をあけると、古びた紙にくるまったものが入っていた。なかには、例のクレジットカードとコイン一枚。古びた便箋には、次のような文面がつづられていた。

＊＊＊＊＊＊＊＊＊＊＊＊＊＊＊＊＊＊＊

トラベラーさんへ
　とんでもない騒動になってしまいましたが、多分あなたは、あなたのいるべきところへ無事お帰りになったと思います。夫の不始末、おわびいたします。夫は自分に似ているあなたを見ているうちに恐慌をきたし、追い詰められてしまったようです・・・。猟銃乱射のあと、結論からいうと、夫は死亡いたしました。あれがなんだったのか、火の玉が炸裂したように爆発がおこり、雷に撃たれでもしたように、あの人は倒れました。
　もちろん事故以前の夫にもどってくれることを願っていたのですが、それがかなわぬのなら、こういう結末も致し方ない、むしろ神様の恩寵なのかもしれません。正直にいうと、あのような苦しみが終わってほっとしたのも事実です。

あなたが誰であれ、わたしたち母子を助けてくださって、有り難うございました。あなたは夫のぶんも長生きなさいますように。

あなたのものと思われる、プラスチックのカードとコイン、落ちているのをひろいました。あなたに届くという確証はありませんが、大切に保管しておきます。このあたりでは見かけない珍しいものですから・・・。

DREAM HILLS F.

＊＊＊＊＊＊＊＊＊＊＊＊＊＊＊＊＊＊

おれは、あれが無駄なループなどではなく、意味ある時間旅行だったのだとさとった。なぜかたまたま向こうへとほっぽりだされただけのことで、自分がなにかをしたとさえいえず、感謝されたものかどうかもわからないのだが・・。祖母は、かなりのことに気づいていたのかもしれない。カードに刻印された、年号や名前などを子細に吟味すれば、なんらかの事実に思い至るのは可能だろう。おれはなんともいえない、複雑な思いにとらわれた。

おれは、久しぶりに父親に会ってみる気になった。父親は現在、老人施設にいる。母が死んでから、すこし気弱になったのと、息子とふたりきりで角突き合わせるのに嫌気がさしたのか、さっさと施設に入ってしまった。若干の体の不調はあるにしろ、とくべつ惚けているというわけではない。あの男の子が父かと思うと、妙ちきりんな気分だが、この際だから父親にも話を聞いておこうと思ったからだ。

息子が会いにきたのにも意外そうな様子だったが、おれがたずさえてきた手土産の好物に、父親はすこし照れくさそうに仏頂面をゆるめた。おれがさしさわりのない会話の後に、「ばあちゃんはなんとなく覚えがあるけど、じいさんは早くに死んだんだって?」と聞くと、ビックリしたようだったが、すぐに思いなおしたようだった。

「ああ、いまさら隠さなくてもいいな。話しておいたほうがいいだろう。おれがまだ八つぐらいのときだ。まあ、あれは事故だったんだろうな」

「なんか変わったことはなかったかな、その当時のことで」

「それがなあ・・・不思議なんだよ。おれも小さかったから勘違いもあるかもしれないが、二人いたみたいなんだ。優しくていい親父と、困り者の親父と。二人で争って、猟銃ぶっ放して死んじまった。暴れて手のつけられない親父もいなくなったけど、やさしくて親切な親父もいなくなった。ほっとした半面、淋しい気もしたな。おふくろは、親父はどのみち治らなかったろうって言ってた。・・ドッペルゲンガーっていうんだってな・・・そういうことがあると死ぬんだとさ。影の病ともいうそうだ。おれもそうならないといいが」

「そういうこともあるのかね・・・きっと大丈夫だよ、父さんは」

おれには、ほかに言いようもなかった。祖母とはまたちがった父の見方に、おれはむしろハッと、考えさせられた。ドッペルゲンガー・・・それも面白いテーマにちがいない。


その昔、農場だった敷地は、今では少々狭くなってしまった。売ったところもあれば、アパートにしたところもある。いまおれは、そこで芋や野菜をつくり始めている。ドリーム・ヒルズ農場という名前がなくなるのはいかにも惜しいと思ったからだ。思い返しても、あっちでおれがした建設的なことといったら、農場の手伝いだけだった。おれのしている道楽的な研究では、お金はほとんど稼げない。食べるものぐらい、自分で作ったほうが罰があたらないだろう。

こんな田舎にへばりついていていいのかという気持ちも以前はたびたびおきたものだが、

現在ではまったく逆になった。ここにこそ、研究の鍵がある。もしまたおれにチャンスがあるなら、それはこの場所にこそある、と確信したからだ。

ナルキッソスの黄昏　もしくは　パーンの森

陽光に燦々ときらめく、海から少し内陸寄りにある小都市の郊外に、おれは今住んでいる。現在では消滅してしまったが、このあたりには遠い昔、たいそうな森が広がっていたそうだ。

おれは何カ月かまえから、この古くて、ちょっと変わったところのある家に住むようになった。ここに長年住んでいた遠縁の爺さんが亡くなり、ほかに住みたがる者もいないので、うだつの上がらないおれにお鉢がまわってきたというわけだ。ただで住めるのは有り難いとはいうものの、正直ちょっと微妙な気分ではある。

明らかに古めかしい家だが、意外に快適なのにはたすかった。おおむね簡素なつくりだが、玄関を入ったすぐのところにある楕円形の鏡と、その上方の絵画が、人目をひく特徴といえるだろう。注意力のとぼしいおれは、全身がうつる姿見がここにあるのは便利だとか、森のなかの絵か・・・どちらも年代物らしいぐらいにしか考えなかったが・・・。

それと、最初は気づかなかったが、ここには紛れもない先住者がいた。なんと、山羊つき住居だったのだ。引っ越してから何日か、庭に黒い山羊が居たり居なかったりするのを見ても、おれは迷い山羊だと思っていた。このあたりは田舎だから、山羊がいてもとくべつ不思議ではない。人なれしているのか、メエメエ鳴いては、おれにすりよってくる。おれはとくに動物に好かれるほうではない。とくべつ愛嬌のある山羊なのか、ここが好きなのか・・・まあ様子を見てみようと、おれはほったらかしにしておいた。

結論から言おう。おれは、山羊を飼うことにした。というよりどうも、おれのところに山羊がいることは、既成事実らしいのだ。いかにもご近所らしい人から「山羊くんは、お元気かな」と声をかけられる始末。おれは「まあ・・なんとか」とごまかすしかなかった。無理に追い出そうにも、逆にこっちが追い出されそうだ。おとなしい山羊を追い出した血も涙もない人間、などと噂されてはたまったものじゃない。

たしかに手のかからないやつだ。普通の犬猫よりよっぽど手がかからない。犬猫よりは珍しくて、思いのほか愛嬌もある。メエ、メエじゃれついてくる。仕方ないから、おれは十秒ぐらい考えたすえに、「パンキー」と名前をつけた。なかなかいいではないか。

このパンキーくん、不思議といえば不思議なところがある。庭にいたりいなかったりするのはいいとして、夜どこで眠るのか。放し飼いでも困らないところをみると、おれが心配することじゃないのかもしれないが、おれは一応でも飼い主だ。大きめの犬小屋を調達して、庭に置いてやった。気が向けば、パンキーも使ってくれるだろう。

そんなある日、おれは新たな手掛かりを見つけた。机の引き出しのなかに、爺さんのメモ書きがあったのだ。その内容は、次のようだ。

重要な引き継ぎ事項

一．山羊の黒べえを大事にするべし。類い希なる珍獣なり。

二．鏡の上方にかかりし絵画は、伝説の森を描いた由緒ある品。宝と思い大事にすべし。

三．鏡を大事にするべし。珍重すべき宝なり。

《鏡によせる瞑想詩》

夜が大気に満ちる頃、ガラス窓にわたしが浮かび上がる。わたしはガラスの向こうのわたしに向かってポーズをとり、その効果を確かめる。ガラスのあちら側のわたしはわたしに見入り、わたしはわたしを見つめる目に見入り、また、そういうわたしをガラスの向こうのわたしが見つめ、わたしは際限なく増殖しつづけて、究極的には、ガラスの鏡の向こう側とこちら側に、わたしたち二人だけが取り残されていた。

　時がわたしの手を移動させる。わたしは左の手を左の頬にあてがい、静かに上方へ移動させた。ガラスと暗闇がつくりだした鏡面のなかで、わたしの腕は暗がりから伸び上がり、わたしのカオを装飾していた。わたしの指が髪に触れる。しかし、わたしの触覚は鏡のなかのわたしをなでまわし、ガラスの鏡の歪んだカオ、傍らに添えられた白い蠟細工の枝の幻に縛りつけられて、わたしの指の味覚力は消滅する。

　鏡のなか、蠟細工の手は静かに引き下げられ、指は徐々にひろげられる。左顎に引っかけられた親指を中心にして、四本の指は鼻のまえで弧をえがき、右頬の上で落ち着く。そうして、わたしの存在はそのままガラス窓の向こうの映像にぴったりと重なる。

　やがてわたしは、ガラス窓の背後の闇に吸い寄せられる。ガラスの向こう側にいるわたしの背後には夜がひろがる。わたしのなかに建物が立ち並び、わたしのカオに灯がともる。わたしたちは、ガラスのこちら側と向こう側でたがいに見つめ合い、たがいに微笑み合図を送り合いながら、時間という列車にのって、夜を渡っていった。

以上は、ほとんど意味をなさない迷走文なれど、汝のまえに強固に立ち塞がるこの鏡を、ゆめゆめ粗末に扱うことなかれ。この鏡は、単なる姿見にあらず。もうひとつの世界へと通ずる扉なり。これを生かすも殺すも汝次第と心得るべし。

なんで爺さん、こんなへんてこりんな詩なんぞまで入れたのか理解に苦しむが、少なくとも最後の部分には、重要な示唆があるようだ。長い迷走文のほうは、最後まで行き着く前に読むのをやめさせるための落とし穴のつもりか・・。それとも自作のヘボ詩でも破り捨てるのは惜しかったので残しただけのことなのか？　ともかく、注意力散漫ながらも、重要事項だけは見逃さなかったおれを、おれは少しだけ見直した。

山羊のことは、はっきり了解した。爺さんが飼っていたのだ。黒べえねえ・・・おれより安易な名付け方ではないか。おれは、パンキーで通している。

それからしばらくして、またまた、あっと驚く出来事に遭遇することになった。

ある日の夕まぐれ、たまたまトイレで用をすませたおれが、玄関近くへ行ってみると、なんとそこにパンキーがいるではないか。一体どこから入って来たんだ。

「だめじゃないか、パンキー。外におまえの小屋があるだろ」

おれは、パンキーを捕まえようとしたが、おれの声など無視して、パンキーはさあ〜っと鏡のほうへ。おれには、パンキーの尻尾をわずかにつかむのがやっとだった。そのまま、あれれっというまにおれは引きずられて行った・・・暗闇で、押し付けられたり引き伸ばされたりするような、混沌とした感覚がしばらく続いた。意識も遠のくようだった・・・。

ハッと正気づいて頭がハッキリすると、おれは森のなかにいた。天気晴朗な、明るい昼下がりというおもむきだ。パンキーの姿はみえない。わけわからないが、ほかにどうしようもないので、おれはパンキーを捜すしかなかった。

「パンキー、パンキーや〜い。どこにいるんだい？」

呼びかけながら、おれは森のなかを見まわした。これが、その昔にはあったという伝説の森なのだろうか。おれは、道らしき踏みあとを辿っていくしかなかった。

「パンキーや〜い」

木々のあいだから池が見えてきた。引き寄せられるようにおれは近づいていった。こんこんと水が湧いているのだ。泉から水が湧いて池となって広がっている。まわりに水仙の花もみえる。水面をのぞき込むように、こうべをたれている。これが伝説の泉なのか。いろいろな泉。泉の言い伝え。いろいろの効能。水鏡に映った姿形が美しすぎて・・・

見とれ過ぎて引きずりこまれるって、この泉なのか？　おっかなびっくり顔をちかづけたが、みなれたおれの顔。この角度からだと、鼻の穴ばかりみえて、美的とはいえない。ちょっと安心した。すごい美少年じゃなくて、かえってよかった。

それにしてもきれいな水だ。澄んで冷たい。透き通ってさらさらしている。水を手ですくって、おれは思わず、ゴクゴク飲んだ。うまい！　まてよ、飲むほうの効能もあったぞ。この泉の水をのむと、男おんなになる〜ってか？　ヘルマプロディトス　両性具有　胸に触ってみたが、とくに膨らんだということもなさそうだ。おれはなおも、水をごくごく飲みつづけた。とにかく、うまい。美味いのだ。喉の渇きを癒やしたところで、さすがにおれも心配になってきた。飲み過ぎは、体にさわるのではないか？　おもわず、おれは股間に手をやった。どうやら無事のようだ。そうだ、忘れちゃいけない。不死になる水ってのもあった。不死といっても喜べねえ。たんなる不死じゃな。不老不死じゃなきゃ悲惨だ。たぶん不死になる泉でもないだろうが、こっちは今すぐわかる問題じゃない。こうやってたわいもなく時間をつぶしてしまったが、おれはまたパンキー捜しへと戻っていった。

「お〜い、パンキー！　パンキーや〜い。・・・黒べえがいいなら、黒べえでもいいぞ・・・お〜い、黒べえ、黒べえや〜い」

声がいつもよりよく響いたが、それはまあ普通のことだろう。なんといっても、ここは森のなかなんだから。

♫　みどり色濃い森のなか　悲しい哀しい物語　悲しい恋のものがたり

物悲しげな歌声が、かすかに、遠く聞こえてくる・・・。

美少年ナルキッソス登場。
自分に言い寄ってくるものを拒み、水面に映った自分の姿に恋い焦がれて死んだといわれているナルキッソス。しかし一説によると、ナルキッソスには双子の姉がいたという。これはそれにもとづいた、ちょっと別のお話。

水の音がする。あの美しい泉・・・僕をとりかこむように水鏡が出現する。そこに浮かび上がる映像・・・ああ、姉さん・・・美しいその姿よ。

アルテミシアと僕は、双子の姉弟。僕たちは、山野を駆け巡っては狩りにいそしんでいた。姉さんの名前は、狩猟と純潔の女神アルテミス様に由来する。姉さんはもちろん、僕も狩りと純潔の女神に誓いをたてていた。ふざけあってばかりの、屈託のない楽しい日々。それもそう長くはつづかなかった。あることをきっかけに次々と悪いことが起こるようになった。

その日も僕たちは狩りをしていたが、獲物を追いかけているうちにお互いからはぐれてしまった。そのときふいに、派手ないでたちの年上の女のひとが現れた。手招きしながら「きれいな男の子ね。わたしがおまえにいいものあげるわ。こっちへいらっしゃいな」と言うではないか。ここには場違いなあだっぽさだ。僕は正直いやな気分になった。僕は、おもわず言ってしまった。

「あなたは、アルテミス様ではありませんね。僕はこれでも、アルテミス様のしもべ。どなたか知りませんが、おことわりいたします」

「まあ、なんてこと。わたしを怒らせるとどうなるか、おぼえてらっしゃい」

そう言い捨てると、その女のひとはさっと姿を消した。

あれは一体なんだったのか・・・僕がぼんやりしているところへ、姉さんがやって来た。

つい今しがたの出来事を話すと、姉さんは顔色を変え体を震わせて、なにやらおびえだした。

「どうしたの？　姉さん」

「それって、あの恐ろしい、愛欲の女神様じゃないかしら。祟りがこわいって評判だわ」

「そんなの心配ないさ。僕らには、純潔の女神様がついてるもの」

そう言ってはみたものの、僕も体が震えだすのをおさえられなかった。

それからというもの、いやなことばかり起こりだした。

その後も僕と姉さんは狩りをつづけていたが、僕らをつけねらう青年があらわれるようになった。姉さんに横恋慕したものと思われた。遠くからつけられるだけでも神経にさわったが、黒っぽい点がどんどん近づいてきて、ある日とうとう目の前に立ち塞がった。ぞっとする形相で男は、ナイフをひらめかせて僕に迫ってきた。

あわやという刹那、脱兎のごとく飛び込んできたものに僕は撥ね飛ばされた。気づいてみると、姉さんが倒れていた。僕をかばおうとした姉さんにナイフが刺さってしまったのだ。

「姉さん・・姉さん。なんてことをしてくれたんだ！」

悲しみと怒りに震えながら辺りを見回したが、男は姿を消していた。

「ナルキッソス・・・待ってるわ・・」

その言葉を最後に、姉さんは息をひきとった。姉さんを返しての祈りもむなしく、僕は弔いをすませるしかなかった。

姉さんを亡くして呆然自失の状態だったが、あの男が僕にまた迫ってきたのには、びっくり仰天させられた。ナイフを振りかざしながら、こう言うではないか。

「おれは、どっちでも良かったんだ。おまえでいいから、おれの思いを遂げさせてくれ」

その言葉にぶるぶる震えるほど逆上して、僕は言い放った。

「姉さんを殺しただけではあきたらず、そんな恥知らずなことをいうとは、純潔の女神様に訴えてやるぞ」

「こっちこそ、おまえを呪ってやる。恥をかかせてくれたな」

そう言うが早いか、ナイフを自分に突き刺して事切れてしまった。

それからの僕は、人の気持ちもわからぬ冷血漢とささやかれる始末。あの横恋慕の殺人者に科《とが》はないというのか？　一体どうなっているのだ。やはり、愛欲の女神が裏で糸をひいているのか・・。もう生きている甲斐もない。姉さんのお墓にへばりついて、うずくまっている僕の耳に、どこからか笛の音が聞こえてくるようだった。

♫ プ〜カ　プ〜カ　プ〜カ　プ〜カッ　　プ〜カ　プ〜カ　プ〜カ　プ〜カッ

物悲しい笛の音が、のどかに聞こえている。僕は立ち上がり、その音に誘われるまま、ふらふらと歩いていった。

気がつくと僕は、森にかこまれた、清らかな泉のほとりに来ていた。泉をのぞき込むと、そこに美しい顔・・姉さんの顔が映っているではないか。僕はおもわず、「姉さん、アルテミシア姉さん」と呼びかけていた。木霊《こだま》が、姉さん、と繰り返す。もちろん僕だって、すぐに気づいた。水鏡に映ったのは、僕自身の顔だってことに。でも、姉さんに会えたようでうれしくって、時間のたつのも忘れてうっとりと見惚れていた。

それからは、毎日毎日、泉の水面をながめ暮らすようになった。慰められる一方で、本物の姉さんに会いたいという渇望がましていき、僕はだんだん憔悴していった。ふらふらよろけそうな僕をそれとなく支えてくれる存在がいるように感じても、ちゃんとお礼もいえない状態だった。

水の鏡に映る姿も衰弱して、美しさもおとろえ、悲しみの涙を流していた。僕は、もうこれまでだと決心した。

「女神アルテミス様、どうぞ、願いをおききとどけください。僕を姉さんといっしょのところへ連れて行ってください」

声を精一杯ふりしぼって、女神様に呼びかけた。僕自身の声は弱々しかったが、木霊にたすけられて、おもいのほかあたりに響いた。その声に後押しされながら、僕は泉に身を投げた。

どんなにか苦しかろうと予想していたが、ふわふわした翼に守られているみたいにいい心持ちがして、だれかが僕を導いてくれているよう・・・月光のような女神様を間近に感じながら、僕ははるか遠くへと流されていった・・・。

気がつくと、姉さんが僕の顔をのぞき込んでいた。

「ナルキッソス」

「姉さん、アルテミシア姉さん」

僕らは、再会をよろこびあった。そして、お助けくださった女神様に感謝をささげた。

いま僕たちは、アルテミス様のお供をして山野を駆け巡っている。ありがたいことに、女神様の矢筒に描かれた、絵のなかにすんでいるのだ。

あたしの名は、エコー。森に住むニンフよ。あたし、もともとは自由自在に話せたの。おしゃべりなぐらいだったわ。そのおしゃべりを見込まれて、大神さまの浮気が奥方様にばれないように、見張るお役目をおおせつかってた。あたしが奥方さまに話しかけて注意をひきつけてるあいだに、大神さまと相手は姿をくらましてしまうって寸法。うまくいってたんだけど、とうとうあたしのおしゃべりで邪魔してるって、奥方様に気づかれてしまったの。奥方様はこわい方。罰としてあたしは、自由にしゃべることを封じられてしまった。相手の言葉を繰り返すしかできなくなってしまったの。

あの人を見たとき、心ときめいたのは本当よ。あんな美青年ですもの。だれだってハッとすると思うわ。でもね、高慢そうっていうのはどうかしら。だって、あの人はとっても悲しげで憔悴してるみたいだったの。あたしのことも目に入らなかったようだけど、あれではだれのことも見えないんじゃないかしら。

あの人、泉のそばには何度も来たわ。身をのりだして、水面をじっと眺めてたの。水鏡に映る自分の顔に見入ってたのね・・・。そして、姉さん、アルテミシア姉さんて、なんどもなんども、呼びかけていたわ。とても悲しそうな声で。あたしは心を動かされて、できれば慰めてあげたかったわ。でも、あたしにできたのは、姉さん、アルテミシア姉さんって、声を震わせるだけ・・・とても悲しくなったわ。

毎日のようにやって来ては、水面に見入って、姉さんて呼びかけていたけれど、あの人どんどん憔悴しきっていった。心配で胸が痛くなるほどね。とうとう最後には、「アルテミシア姉さんと一緒にしてください」って、声をふりしぼるように神様に祈っていた。そのあと泉に身を投げて、そのまま沈んでいってしまったの。あたし、大泣きしてしまったわ。だって、あたしもあのひとと一緒に、声をふるわせつづけてきたんだもの。目から涙が泉のように湧きだしてきた・・・でもね、ふと見ると、泉のまわりにいつのまにか花が咲きだしてたの。それまで見たこともない奇麗な花が。すうっと茎がのびて、白い花弁の真ん中に黄色い丸っこいのがついてる。水仙ていうのね・・・それをみたら、少し気持ちがなぐさめられたわ。

あたしはといえば、ぼんやりうずくまってるだけ。失恋なんていうより、気抜けしたって感じ。あんな哀しい人を見ないですむのは、ほっともしたけど、ちょっぴり寂しい気もするわね。だれも来ないし、あたしの存在もこのまま消えちゃうのかしら・・・。

眠るともなしに眠りこんでる、あたし。ふっと、あたしの耳に遠くから、笛の音みたいなものがとびこんできたの。音にからまるのが、あたしの性《さが》。それであたしは、音楽のするほうへ引き寄せられて行ったのよ。

♫　プ～カ　プ～カ　プ～カ　プ～カッ　　プ～カ　プ～カ　プ～カ　プ～カッ
　みどり色濃い　森のなか　悲しい哀しい物語　かなしい恋のものがたり

声を張り上げているのは、牧神パーン。山羊のような御面相に、上半身は毛深いながらも人間で、下半身は山羊。それでも意外や声はいいんですな、これが。もっているのは、シュリンクスという葦笛。笛を吹いては歌い、歌ってはまた笛を吹く。もちろん、同時にはできゃしません。この笛からして、いわくつきの代物。シュリンクスというニンフを追いかけまわしてみたものの、相手は嫌がって葦に変身。その葦でこしらえたのが、シュリンクス笛。失恋の賜物とはいうものの、間抜けな話じゃござんせんか。性懲りもなく追いかけては逃げられてばかり。失恋王というあだ名を頂戴してるぐらいなんですな、これが。まあ、失敗つづきでもめげずに陽気なのは、見上げた根性といえなくはござんせんが、まるっきし懲りないやつです。

ちょっと離れた木立のあいだから、エコーはこっちをうかがっておりました。かわいそうに、まだ姿は保ってはいるものの、おぼろげな影のような、幽霊のようなものになっとりましたな。これに気づくやパーン、笛なんぞおっぽりだして、エコー目がけてぴゅう～っと一目散に駆け出した。もう条件反射的ですわな。ホントに懲りないやつなんですな、これが。もちろんエコーは、泡を食って逃げ出した。パーンにパニくらないものなんて、めったにいやしませんや。パーンは追いかけまわし、エコーは逃げる。毎度、毎度の見飽きた光景ですわ。これでは埒があかんと気づいたのか、パーンは作戦を変えて語りかける。

「木霊ちゃん、きみはコダマちゃんだよね。びっくりさせて、ごめん。おれ、こんな見かけだから、みんな驚くんだよね。だけどそんなに乱暴者じゃないよ。悲しいかな、誤解されやすいんだ」

うまいこと言っております。

エコーは、なんといっても木霊。声には絡み付きやすい。思わず、「誤解されやすいんだ」と繰り返して、逃げるほうはお留守になる。

しめたとばかりに、パーン、

「おれ、前から君を知ってた。つらい思いしてたよねえ。あんな若造、見かけがいいだけじゃないか。悲しい思いさせられただけのこと。ここは、楽しいぞぉ～。きみもここにいなさいよ。ここにいれば、笑えることまちがいなし」

調子よく誘いかける。

この人はちょっと胡散臭いけど、ここは悪くないかもと思いつつ、エコーが「笑えることまちがいなし」と復唱してたら、パーンが急接近。

パーンがエコーに触ったかと思ったとたんに、エコーの影は、雲散霧消。シャボン玉のように弾けて消えてしまった。パア～ンと空中に拡散していってしもうた。

「なんてこった。今度こそ捕まえたとおもったのに。クソッ」

悔しがるパーン。

「クソッ」と声をふるわす木霊だけは残っとった。エコーはとうとう、声だけの存在になってしまいましたわ。前から弱っとりましたからなあ・・・。

「まあ、いいか。それならそれで。おれ歌うから、エコーちゃんもおいかけてよ」

切り替えの早いのは、パーンのいいところ。早速、歌いだしましたわ。

♫　いつでも陽気なパーンの森　愉快　痛快　奇々怪々　泣いてたエコーも笑いだす

ぱーんのもり　　ききかいかい　　わらいだす

今までになく素敵なうたごえに、パーンも大満足。

「おれ、まえから声には自信もってたけど、いまはもう無敵。最高！」

「サイコウ！」エコーも同意せざるを得ませんわな。

夕方ともなれば、サテュロスたちやニンフたちが集まってきて、宴会ですわ。飲み食いして、歌ったり、踊ったり、馬鹿さわぎ。新入りのエコーにも気をつかって、あっちからもこっちからも「エコーちゃんにも乾杯！」、「ようこそ、エコーちゃん！」と口々に声をかけてくれる。エコーは、もともとお喋り娘。すっかり気をよくして、ここに馴染んでおりますわ。悲しい思いをしたことなど、思い出すいとまもないぐらいなんですな。

昼間は、しばしば眠っとるパーン。洞窟や茂みに身をひそめて、グウスカ眠っとります。安眠を妨害したりすれば、それこそもう大変。「ケーン」と一声高く鳴いて、不届き者に癇癪玉ならぬ、パーン玉をお見舞いする。いわゆるパニックのことですがな。相手は、恐慌をきたし、髪を逆立て取り乱して、命からがら逃げていく。安眠をやぶられるほど腹立たしいものはないですからな。これについては、パーンめを擁護したくなりますわ。

実はパーン自身、パニックに陥りやすいんですな、これが。失恋だけじゃなく、失敗つづきのしくじり大先生でありますわ。しくじりの山のところどころに、怪我の功名がちらほらと見え隠れするばかり。とはいっても、パーンめもれっきとした神様のはしくれ。父親は、ヘルメスともゼウスともいわれておるパーン。それに、パーンは悪夢を送ると信じられているように、計り知れない力を秘めておるんですからな。あだやおろそかにしたら、どんな罰が当たるかわかりゃしませんわ。眠りこけてるパーンを起こしちゃいけません。ご用心、ご用心、パーンにご用心、ですわ。うん？　と言ってるそばから、不心得者がやって来たようですわ。どうなることやら・・。


「パンキー！　パンキーや〜い」

おれは、時々声をかけては、パンキーを捜しまわっていた。おれ自身がすっかり迷子になっているのは明らかなところだ。もうどうしようもないから、この森を抜け出すしかない。道らしいところをずんずん進んで行った。茂みの陰になにやら黒っぽいものが見える。もしやと思い、おれは駆け寄って「パンキー？　パンキーかい？」と呼びかけた。

ゴソゴソと姿を現したもの。それを見て、おれはびっくり仰天した。ヤギっぽくもあるが、人間ぽくもある・・・。一体こりゃあ何だ？　相手は怒気を含んだ目でおれを睨みつけ、「ケーン」とけたたましく声高く鳴いた。おれは恐怖におそわれ、全身の毛が逆立った。「ぎゃあ〜」と思わず叫び声をあげ、泡をくって一目散に逃げ出していた。どこをどう走ったのやらまるで覚えていない。めくら滅法走りまくって、開けたところへ抜けたかと感じたところで、蹴つまずくように倒れてしまった・・・。

われにかえってみると、おれは自分ちの庭にうずくまっていた。不思議で妙ちきりんではあるが、帰って来れて心からほっとした。庭をよく見ると、パンキーもちゃんといるではないか。まるで事もなげに草を食んでいる。おれは、森の中に何時間もいたような気がしていたが、いまだに太陽は地平線に燃え残ったまま、とくに日が暮れてしまった様子もなかった・・・。

あの事件があって以降、おれは以前とちがって、あの森や鏡について考えるようになってしまった。気がつくと、森の絵に見入っている。森には、こんなにたくさん美女がいるのに、なんでおれはあんなのとばかり出くわすんだ・・・。とりわけこの鏡には、好奇心をかきたてられる。すいよせられるように鏡に見入ってしまうおれ・・・。まるでもう今では、爺さんのへぼ詩に近づきつつあるようで怖い。

あれ以降はとくに変わったことは起こっていない。鏡を指で軽くたたいても、コンコンと音がするだけだ。もともとおれの力じゃなく、パンキーに引っ張られてあちらへ行っただけのこと。パンキーの能力、パンキーのごきげん次第ということだ。よくよくパンキーを見張らねばなるまい。

おれのからだには、これまでのところ異変はない。あそこの水はたしかに美味かったが、あんな毛むくじゃらはお断りしたい。これからおれにどんな運命が待っているかはわからないが、もしまた森へ行くことがあるなら、今度はぜひ、女神やニンフといった綺麗どころと遭遇したい、おれはそう願うばかりだ。女神は祟りそうでこわいが、ニンフあたりならおれにも優しくしてくれそうだ。そう思うと、なにやら物狂おしく胸がざわついてくる。

旅立ち　冥土の土産になにもろた・・・

　思いがけず、アレが自分のところにやって来てから、わたしの苦悩はよりくっきりした形をとるようになった。アレは重い・・。わたしの脆弱な心身では支えきれないほどだ。わたしは、もともと強いほうではない。ちょっとしたことにもぐらぐらする、まるで不甲斐ない駄目人間だ。長年不眠症に悩まされてきたが、アレが来たおかげで、ますますひどくなってしまった。今では薬に頼っても詮ないほどだ。眠りが訪れるのと死が訪れるのとどちらが先か心もとない・・・。

　他人事におもえば、アレは名誉だ。そんなことは言わずと知れたことだ。だが、実際にアレに直撃されたわたしに、アレは重い。わたしはアレに押し潰されそうだ。わたしの妻、遠い昔わたしが見初めたころは不幸を身にまとった儚げな風情だったが、いまとなっては女を通り越して背後霊と化した妻も、鼻高々上機嫌。夫であるわたしを先生、先生呼ばわりしては事もなげにのたまう。

「なんと名誉なことでしょう、先生の妻でようございました」

要するに、人にちやほやされるのが自慢なのだ、嬉しくってたまらんのだ。だが、当のわたしは嬉しいどころか、不安でたまらん・・。鬱陶しいというのが本当のところだ。アレといったら背後霊以上に鬱陶しい。四六時中アレを肩車に乗せてるような感覚だ。おもく重くのしかかってくる。

アレが自分のところにもたらされると初めて聞いたとき、青天の霹靂《へきれき》というよりも、悪い冗談だとしか思わなかった。かつがれた気分だったので真面目に受け取れなかった。いよいよ現実だとわかったときも、キツネにつままれたような妙な感じがした。なんでわたしに？　もっとほかにもいるではないか・・アイツとか。なんでも、「曖昧模糊としてよくわからない、マジンガー的ってことじゃないですか、マジンガー代表ってことですよ、要するに」ということらしい。わたしは代表になれるほどの人物ではないが、かといって辞退できるほどの度胸もない。金が入るということで、その点は正直たすかった。わたしは実は、書画骨董に目がないのだ。おかげで金がかかっていつもピーピーしている。お金は有り難かったし、ちやほやされるのも最初は物珍しく、こそばゆいような感じで、そうまんざらでもなかった。だが熱狂が冷めて落ち着きがもどると、もういけない。困ったことに書けないのだ。まるで筆がすすまない。期待されているとおもうと、ますます書けない。ピタッと止まったままだ。

だいたいなんでアレはわたしのところに来たのだ？　アイツのとこへ行けばよかったものを。そうすれば、アイツもあんなことにはならなかっただろうに・・・。アイツならわたしみたいにアレの重みに萎縮することもなかっただろう。アイツはわたしより二十以上も若い。前評判も高かった。当然アイツは自分がもらえるものと思っていただろう。まさかわたしなんかのところへ来るとは・・・。アイツの動きは派手すぎるほど派手、わたしなど地味なものだ。まあ、わたしのところへお鉢がまわったのがマジンガー的ということでなら、確かにわたしの方がマジンガー的にちがいない。

アイツの作風は、マジンガー的ではない。才気ばしってるが、奥深くはない。外面的で明晰だ。だが、それがなんだっていうんだ！　海外的なアイツは海外で受けるではないか。マジンガー、それがなんだ。曖昧模糊、よくわからない分、ミステリアスだあ？　こっちは、大迷惑だ。まあ、アイツのはさほど深くはない。平板だ。アイツはよくもわるくも若すぎる。才気がほとばしりすぎておったが、けっこうなことではないか。筆づまりよりましではないか。作品以外のスタンドプレーが多すぎたあ？　たしかにアイツは目立ちすぎた。悪趣味だったな。露悪的。全般に突っ走りすぎておったな。それが審査委員会にきらわれたのかもしれん。政治的活動などしおって。馬鹿め！　みすみすアレをのがしたな。アレをほしがっていたのはアイツで、わたしではない。アイツにくれてやればいいものを。審査委員会も罪つくりなものだ。アイツの喉からは手が出ていたのに、無情にもわたしのところに・・・アレをもらえなかったアイツは、ブラックホールのような空虚をかかえこんでしまった。そしてわたしは、中性子星なみの重荷を背負わされてしまった。

アイツはもういない。架空の戦争ごっこ・・怪しげな活動にうつつをぬかし、華々しく自爆してしまった。冷静な人間からみれば、ばかばかしさ極まる。だが、わたしにアイツをわらうことはできない。アイツがかかえこんだ空虚はブラックホール並みだった。アイツは、ブラックホールに呑み込まれてしまったのだ。アイツは死んだから、もう愚行をなすことはない。はずだが・・・本当にアイツはいないのだろうか？　なにやら悪鬼と化したアイツが、このあたりに漂っているような気がしてならない。わたしの肩にのっているのは、アイツの成仏できない霊なのではないか。アレに加えてアイツまで・・・重い、重い、物凄い重みだ。

それにしてもこの筆づまりをどうしたらいいものか・・。達観した人物なら、こう思うかもしれない。気に病むほどのことではあるまいと。何故なら、アレがころがりこんだのは今までの実績に対してであって、老いぼれのこれからに期待してのことではないのだ。書けようが書けまいが、堂々としておればいいのだ。その通り。だが困ったことに、わたしは肝のすわらぬ人間なのだ。ちまちまと気に病む、まるで腺病質の子どものようなのだ。アレの重みでまるでもう陥没状態。にっちもさっちもいかない。

あの娘を見初めたのは、ちょうどそんな折にだった。わたしはもともと若くて美しい女に目がないのだが、その不幸そうな風情になによりも心をそそられた。顔の造作が派手とかではなく一見目立たないが、薄幸さが滲みでているのをわたしは見逃さなかった。その女に気づいたのは散歩の折だったが、それからしばしば目にするようになった。

今日こそなにかはっきりしたものをつかめるだろうか・・・わたしの脚は、吸い寄せられるようにあの女の姿を追って、それこそ我知らず動いていってしまう。実は、目をつけた若い女の後をつけるのは、わたしの密かな楽しみのひとつなのだ。だが、なにやらこの女はいつもより手ごわいような気がする。どんなカオなのか、もうひとつはっきりしない。表情ゆたかにもみえるがまるで無表情のようでもある。追っても追っても、近づけそうで一向に近づけない・・・。老いの身にこの遊戯はなかなかにこたえる。ぜいぜいと息がきれる。心臓もバクバク悲鳴をあげている。これで何度目か、有耶無耶《うやむや》のまま煙にまかれるのは。あの女は、逢魔が時の幻なのか・・・。とその時、いきなり影のようなものが近づいてきて、なにやら子守歌らしきものが聞こえたかとおもうと、風のようにすうっと遠ざかっていった。思いがけない不意打ちに、わたしは凝然と立ちすくむ。

あれは、あの女だったのか・・・それにしても、わざわざ近づいて来るとは・・。頭を殴られたような呆然とした気分だ。ふらふらと帰り着いた自室で、わたしはあれやこれやと煩悶する。なにやら恐ろしい気もするが、同時に懐かしい感じもする。かすかに聞こえてきたのは、遠い昔にきいた子守歌だろうか。どういう歌詞だったか・・・。

ねんねんころりよ、おころりよ。ぼうやはよいこだ、ねんねしな・・。

うつらうつらする・・・やさしく揺すぶられて、自分はすっかり幼子にかえってしまった。母の背中だろうか・・それとも・・。

ぼうやの子守はどこへ行った、あの山こえて里へ行った。

ふんわりと柔らかい背中・・ゆらりゆらり揺すぶられる。

里の土産になにもろた、でんでん太鼓に笙《しょう》の笛。

甘くやさしい・・少しくぐもったような歌声・・わたしがまだ幼い頃に身罷《みまか》った母だろうか・・それともネエヤでもいただろうか・・・。

匂いたつようなウナジ・・おくれ毛に風がたわむれている・・わたしは嘗めるようにそれを凝視する・・・。幼児にすでにして潜むおとこが、釜首をもたげ・・・嘗めなめしたいが・・・またねんね・・。

幼いとはいえ、もう赤子ではない。十分自由に歩きまわれる。そのわたしの目の前にあらわれる、まっすぐな階段。小高いてっぺんにある神社にむかう階段・・。途中に人影が・・・身罷ってしまった母だろうか・・それとも・・・。誘われるように階段をのぼってゆく。その一方、後方のずっと高い所からそれらを俯瞰する、もうひとりのわたしに見えてきた奇妙な光景。階段の向かう先にあるのは、巨大な女の顔。階段は、その口中へと続いている。のぼっていった男の子は、女の口のなかへと呑み込まれていってしまった・・・。

その夢をみて以来、困ったことにわたしは、家のなかでもあの女を見るようになってしまった。まあ、考えようによっては、外で追いまわす必要がなくなったとはいえるが。

わたしの前に現れる長いトンネル。あの女の口の中？　その先にある、もう一つの世界・・・。

部屋のなかに男が座っている。ギョロッとした目つきの老人、猛禽をおもわせる神経質な顔。わたしに瓜二つだ。机のまえ、すらすらと筆をすすめている。わたし同様作家だが、さほど有名でもなく、もちろん金メダルももらってはいないが、筆詰まりに陥ってはいない。傍らにはなにげない様子で、まだ若い女までいる・・・が、これは亡くなった母だ。母は若くして病没したので、それ以来年を取ることをやめた。若いのも道理だ。

わたしにそっくりな男は、すらすらと原稿用紙の枡目を埋めてゆく。まったく羨ましいかぎりだ。原稿用紙の大写し・・・題名には『冥土の土産』と読める。内容まではわからないが、どんな話にしろ筆がすすんでいるとは羨ましいかぎりだ。おまけに、若いままの母までいる。なんとまあ幸福者なことよ・・。

同じような夢をわたしは繰り返し見る。

母のような、ネエヤのような、若い女がぼお〜っと現れる。やがてその姿は現実感なく歪んでいき、わたしによく似た老人へと変容する。男は机のまえに座り、すらすらと筆をすすめる。原稿用紙の大写し・・・題名だけははっきりと読める。まちがいなく、『冥土の土産』。中身を読もうと目を凝らすのだが、さっぱり要領をえない。にもかかわらず、自分にそっくりな男の話だと直感する。わたしの話なら、わたしが使ってもなんの不都合もあるまい。しめしめとばかり、わたしはその原稿を自分の書斎に持ち帰ってしまう。机にむかい、落ち着いて中身を確かめようとするのだが、原稿用紙の枡目を埋めていたはずの文字がどんどん薄れてしまい、タイトル以外はまるで白紙になってしまう・・・。当惑しながら部屋の隅のほうへ目をやると、老人の姿がぼお〜っと浮かんでみえる。

わたしに瓜二つの男は、わたしに警告を発する。

「似ているようにみえても、自分たちは別次元にすむまるで別の存在なのだ。わたしの原稿を盗用しようとしても、おまえにはまるで不可能なことなのだ。この愚か者め！」

ハッと目を覚ましたわたしは、机の上の原稿を確かめてみる。題名のつもりなのか、『冥土の土産』という文字だけが書かれていた。自分で書いたという確証もないのだが、わたしの筆跡によく似てみえた・・・。

　このようなことが度重なるにつれ、我知らずもう一つの世界にひきこまれ、なじんでしまい、こちら側にとどまることへの執着は萎えしぼんで、格別どうでもよくなっていった・・・。

　薄闇に若い女がぼお～っと浮かびあがる。・・緑濃い林のなかにいたはずが、いつのまにか自分を取り囲む、立ち枯れた、まるはだかの樹木。砂嵐に消されたように木々も消滅。雲散霧消・・空漠たる荒れ地にたたずむ。

　若い女・・ネエヤのような・・母のような・・オンナが、おいで、おいでと、手招きするのがみえる・・・。あわてて追いすがろうとした拍子に、なにかに蹴つまずく。

　ガスが立ちこめる・・・。シュウ・・シュウ・・シュウ・・・悪魔のため息。

　部屋のなかにガスが充満する・・。苦しいかどうかもわからず・・・むしろ恍惚とした感覚につつまれる・・。わたしは浮きあがって肉体から離脱し、体を脱ぎすてる。天井ちかくまで浮遊する。床のうえにうずくまっている老人を見おろす・・・。

　年老いた男は床につっぷし、虚空に向かって腕をのばし、空《くう》をかきむしる・・・。

なんという夕焼けの空だ・・。残り火が赤々と空を染めている。
かすかに聞こえる子守歌・・・くぐもった女の声・・。
冥土ノ土産ニナニモロタ・・・
背負うにゃ重たい金メダル・・
あのメダルが、金色のにぶい笑いをフッともらす。
ざざざ〜っと羽ばたきの音。鳥たちの大群がいっせいに旅立っていった・・・。

衣装哲学　王弟殿下とおともだち

王様の弟である王弟殿下と、歴とした爵位もちのおともだち。同好の士である二人は、事あるごとにつるんでは、オバカな楽しみに耽っている。以下は、その馬鹿馬鹿しい行状を会話を中心にまとめたものである。

とある途方もなくお暇すぎる昼下がり、殿下の住む宮殿を伯爵が訪問するところから、お話ははじまる。

◆二人で女装を◆

伯爵‥お久しぶりね！

王弟殿下‥お姉様！　今日はいちだんとおきれいね。素敵なお衣装・・あたしもそんなのほしいわ。

伯爵‥あら、殿下こそ、すっごくかわいい。そのフリフリのドレス、お似合いよ。あなたってすごいわあ。そんなかわいいふりしてても、やるときはやるんだから。ほんと、隅におけませんわ。

殿下‥えっ、なんのお話かしら？　お姉様ほどじゃないと思うけど・・。

伯爵‥男装のときは男装で、凛々しくていらっしゃるって評判よ。

殿下‥好きじゃないけど、時々はね。

伯爵‥ご謙遜、ご謙遜！　格好だけじゃないんですもの、スゴイわ。奥方たちとのあいだには、お子様までおありだし。

殿下‥それはまあ、公務なのよね。

伯爵‥色事はべつにしても、戦場にまでおでかけ。

殿下‥それこそ、公務よ。

伯爵‥意外な勇猛果敢さとか。戦勝までおあげになって。

殿下‥苦し紛れよ。早くおうちに帰ってこうしたいから、つい気短になるの。決断力があるって誤解されるみたい。ほんと疲れるわあ。

伯爵‥でも大変な能力よ。両方おできになるのね、すごいわあ。

殿下：あなたこそ、舞台にまでお立ちですもの。すごいわあ、美少女独り占め！　それこそ、レズビアンの大家でいらっしゃる。
伯爵：わたしなんて、まるでワンパターン。今度ぜひ、男装のお姿を見せていただきたいですわ、内々に。
殿下：恥ずかしいわ。特別どうってほどじゃないもの。あなたの男装こそ、見物じゃないかしら？　それこそ興味津々よ。
伯爵：駄目駄目、それこそ秘密よ。まるでみっともないの。
殿下：ご謙遜、ご謙遜！　お姉様ほどの美貌なら、男装でも素敵にちがいないわ。
伯爵：駄目駄目、それこそ恥さらしよ。男じゃカッコつかないから、女装してるのに。
殿下：じゃ、早速おたがい見せっこすることで、ハイ、決まり！　指きりげんまん！
伯爵：あっ、信じられない素早さ・・・ずる〜い！　それこそ、無理やりね。
殿下：決断力、決断力！　伯爵、男なら決断力！
伯爵：ひど〜い。あたし、女よ、お・ん・な！　伯爵夫人よ！

◆二人で男装を◆

殿下‥遅いぞ、伯爵！　さあ、入ったり、入ったり！

伯爵‥男装なんて、やっぱり、様にならなくてぇ・・・。

殿下‥もっと近く近く・・なにモゾモゾしてるんだ。

伯爵‥あら、ほんと。殿下、凛々しくていらっしゃるわ。噂どおり。まるっきり男。

殿下‥わたしのことなどいい。うん？　格好は男でも、顔だけは女なのか・・。

伯爵‥困ったことに生まれつきこんな顔なんです。小さい頃、その顔じゃ女のほうがいいなんて言われちゃって・・・それで女装の道に。

殿下‥うう～む。人それぞれ、色々あるもんだな。わたしの場合は、弟のわたしが勇猛果敢すぎては兄の王位を奪いかねんと言われて、優しく育つよう女の子の格好をさせられたのだ。まあ、それはそれでよかったが。そうでなきゃ、女装の楽しみなぞ知らなかっただろうな。

伯爵‥殿下はいいですよ、顔が切り替えできてるから。あたしなんかもう・・。

殿下：待て、待て〜え。わたしにまかせろ。こんなのちょっと細工すればすむことだ。
ほら、ほら、じっとして・・・ちょちょいのちょいっと。
さあ、どうだ。トラウマか・・・タイガー・ホースだな、うん。
タイガー・ホース卿！　目を開けて、鏡のなかの自分をよく見てみたまえ。
伯爵：あれれ・・これ、あたし？　男っぽい！
殿下：どうだ？　いいだろう？　眉をちょこっといじっただけだ。優男タイプだが十分
凛々しい二枚目だろうが。
伯爵：殿下、すごいのねえ・・・メーキャップ・アーティストみたい。
殿下：伯爵よ、それはいけないな。その言葉づかい、女のままだ。
伯爵：あら、やだわ。女言葉がしみついちゃって・・・。
殿下：しかたないな。芝居でいいから、男の格好のときは言葉も男らしくな。きみは役者
だろうが。
伯爵：といっても、これまでず〜っと女形専門だったもので・・・あっ、わっかりました。
ごもっともなお言葉。これからは、鋭意努力いたします！　低音の響きで。
殿下：いいぞ、その調子、その調子。

伯爵‥殿下のおかげで、男としての自信がフッフッとわいてきた感じがします。どうだ見てみろ、俺は男だぜみたいな。誰かれなく見せびらかしたいような気分だぜっと。

殿下‥そうだな、せっかくの男装だ。外出せねばもったいない。とくに君のは初お目見えだ。どこへ行ったらいいものか・・。

伯爵‥それなら、劇場はどうですか？　知り合いに見せたら、なんというか楽しみです。

殿下‥それは面白そうだ。ところで伯爵、わたしを殿下と呼んじゃいけない。これはあくまでお忍びの私的なお楽しみだ。わたしがタイガー卿、きみはホース卿ということで手を打とうじゃないか。それから、わたしに対する敬語も無用だ。二人とも単なる遊び人仲間ということでな。

伯爵‥ははあ、なるほど。合点承知之助。

殿下‥では、ホース卿。いざ、出陣じゃ！

伯爵‥ハハッ、タイガー卿。いざ、いざ、劇場へ！

劇場でのトンチンカン　◆アーティストって素敵！◆

伯爵：やあやあ、支配人。元気そうでなにより！
支配人：これはこれは、ようこそ・・・はて？　どちら様でしたかな・・・。
伯爵：わからんか？　わからんか・・・これは愉快！　アッハ、ハハハハ・・・・。
支配人：いやはやなんとも・・・。
伯爵：イヤ〜ネ、アタシよ、アッタッシ！
支配人：うん？　もしかして、その口調は・・・。
伯爵：そう、伯爵夫人よ。別名ホース卿、初見参！　以後、お見知りおきを。
支配人：は、はあ？　これは驚きました。よくよく見れば、たしかに伯爵夫人。男装もお似合いですな。
伯爵：オホッ、こちら、殿・・じゃなかった。もとへ！　大切な友人のタイガー卿じゃ。
殿下：わたしは、ホース卿の遊び仲間、タイガー卿じゃ。よろしくたのむぞ。
支配人：これはまた、ご立派な・・これから、なにとぞご贔屓に願います！

伯爵‥さて、支配人。楽屋に行っていいかな？　タイガー卿にも見せたいのだ。

支配人‥勿論です。あっと、忘れていました、大変なんです、伯爵。急に予定がくるって舞台に穴があきそうです。伯爵のお越しは、なんというか、天の配剤。伯爵が舞台に出てくださると本当にたすかるのですが。

伯爵‥なんと、それは大事《おおごと》。しかし、この格好では。

殿下‥楽屋さえつかわせてもらえれば、いとも簡単じゃ。わたしがなんとでもする。

支配人‥勿論、もちろん。どうぞ存分にお使いくださいませ。

◆楽屋にて◆

殿下‥色んな衣装があるもんだ。さて、わたしも着替えるとするか。伯爵よ、顔はわたしがなおしてやるから、さっさと伯爵夫人の衣装に着替えるのだ。

伯爵‥そういたしましょう。オホッ、どれにしようかしら・・・。

殿下‥舞台だから、なるたけ派手ハデシイのをな。

＊＊＊＊鏡の前で

殿下：まあ、こんなもんでしょ。わたしが目立ってもしかたない。伯爵、まだなのか？
伯爵：ハイ、ハイ、ただいま。あら、ま！　殿下。なんて素早いこと。
殿下：殿下は、禁句。メイクとでも呼んでちょうだい。
伯爵：小間使い風の格好でも、なぜか素敵なのよね。
殿下：あまり自信はないけど、メイク係は、こんなもんでしょ。
伯爵：メイクさん、よろしくお願いします。衣装はこれでいいかしら？
殿下：華やかでよろしいですわ。お顔のほうは、おまかせください。それでは、失礼します。基本的には、眉をうすくして、口紅をつけるだけのこと。ほんの、ちょちょいのちょいでございます。お肌はきれいですから、このままで。
伯爵：まあ、ほんとにお上手！　これでもう、どう見ても、オンナ。いつもより引き立つぐらい。素晴らしいわ・・・。
殿下：舞台用には、もうちょっと濃いめにしたほうがいいですか？
伯爵：そうねえ・・・これで十分満足だけど、試しにやっていただこうかしら。
殿下：ちょちょいのちょいちょい、はい、パパパのパ。
伯爵：やっぱり、ちょっと派手かしら・・・でも、いいかしら。

支度終了後、支配人を交えて

支配人：これはこれは、伯爵夫人。いつにもましてお美しいです。

伯爵：そうかしら。こちらのメイクさんのおかげよ。スゴウデなの。

支配人：うん？　メイクさん？　いつの間に・・・さっきの紳士はいずこに？

伯爵：さっきの紳士がメイクさんに早変わりしたのよ。驚きでしょ。

支配人：なんとまあ・・・ご立派な。いやはや、地味な軽装でも品がおありになる。素晴らしいです。

殿下：ほんの間に合わせで、恥ずかしいわ。

支配人：お顔は凜々しいが、自然な女らしさ。ただものじゃない。どうでしょう、これからもお手すきのときに助けていただけませんか？

伯爵：それはいい考えね。素晴らしいメーキャップ・アーティストですもの。

殿下：こんな手遊《てすさ》びが役に立つなんて・・・とっても感激・・。メーキャップ・アーティスト！　なんていい響きかしら。

支配人‥それだけではもったいない。お気が向いたら、ぜひ舞台にも出てください。

殿下‥それは、ちょっとねえ・・・マズイわ。

伯爵‥なんていい考え！　一緒に出ましょうよ。ぜひ、ぜひ。

殿下‥う〜ん・・・ちょっとねえ・・でも、出たいような気もするし・・・。

伯爵‥決断力、決断力！　オンナなら決断力！　ちょこっとですってば！　ほんのちょこっと！

殿下‥そうね、チョコッとなら問題ないかも。よし、ちょこ出ね！

ボーズ七変化　◆観客Aと観客Bの会話◆

観客A‥『伯爵夫人七変化』なあ。要するに、よくあるドタバタだな。

観客B‥女になったり、男になったり。よくやりますなあ。

A‥男たって、眉を太くしてるだけじゃないか。なにが、ホース卿だ！　ノッペリ顔に変わりないわ。

B‥声も太くして男性的な台詞まわし。馬鹿にできない演技力です。女形専門かとおもったが、なかなかどうして大変な進歩だ。芸域をひろげましたな。

A‥伯爵夫人たって、もともと男。それぐらい当たり前だ。

B‥これは手きびしい。さては、ふられましたか。

A‥なにを気色わるいこと言っとる。あんな下手物《げてもの》に声などかけるか！

B‥いやいやなかなかどうして色香があります。女も顔負けのきれいな顔です。

A‥ほ〜お。おまえ、そんな趣味だったのか。だがヤツは、ゲイじゃなかったはずだが・・たんなる女装趣味のはずだ。

B‥なかなかお詳しいようで。なに・・わたしは、奇麗はきれいだと言ってるだけでして。

A‥ここへ来てる者ならだれでも知っとるだろ、それぐらい。

B‥そういうものですか。アハハ。

A‥それよりわしは、あの小間使いがどうも気になる。

B‥ほ〜お？　ああいうのがご趣味で。

A‥趣味の問題じゃない。どうもあの顔が気にかかる。

B‥女らしくふるまってるわりに男顔ですね。こっちもなかなかいい。

A‥どうも見覚えがあるような、ないような・・・う〜む・・・。

B：ほら、ほら！　今度は坊さんが出て来ましたよ。
A：なに〜ぃ？　ボウズだあ？
B：うまいもんですな。説教が堂にいっていますよ。芸域がひろい。
A：なにが芸域だ！　思い出したぞ。アイツは、ボウズだ。坊主なんだよ。伯爵は、ほんとは聖職者なんだ。子どものころは、聖歌隊で歌ったり、宗教劇に出てたりした。ホースどころかボウズのくせしやがって、笑わせるな！
B：ちょっと。そう興奮しないでくださいよ。幅広いっていいじゃないですか。それに、どの格好でも容姿がきれいです。
A：不謹慎だろうがあ！　あいつは、坊主なんだぞ。聖職者なんだ！　それが伯爵夫人だなんだとふしだらな格好しやがって、神を冒瀆しとるのか！　公序良俗の攪乱《かくらん》だあ！
B：まあまあまあ。静かに舞台見ましょうよ。
A：舞台だけの問題じゃない。気色わるい女の格好で少女を相手にしてたかとおもったら、近頃はホース卿と名乗って若い女といちゃついてる。まったく、けしからん！
B：それはたんなる嫉妬ですな。男が女を相手にするのは、きわめて正常です。わたしなど素直にうらやましいかぎり。

A：まったく乱れておる！　あのノッペリ助平めが！
B：わたしには、そういうあなたのお顔の乱れのほうが気になります。
A：なんだ、この伯爵シンパめ！
B：あなたこそ、不細工顔した、ケチづけのガミガミおやじじゃないですか！
A：もう、おまえとは絶交だ！
B：絶交！　のぞむところです。なんといっても、わたくしめは美の信奉者。伯爵のところに参ります。これにて、失礼！
A：どいつもこいつも狂っておる。世も末だ！　まったく話にならん！

空騒ぎのカノン

◆ 石窟内、お二人さん　座って修行にふけってござる ◆

観　あ〜あ、なんて退屈なの。もう飽きちゃったわ。修行とはいうものの、瞑想とウタタネって紙一重ね。

舎　うんにゃ・・・。

観　またまたタヌキ寝入りして。面白くないったらありゃしない。

舎　カンノンさん、うるさいでござる。修行のさまたげになるでござるよ。

観　なによ。自分だってウツラウツラしてただけのくせに。かっこつけちゃってえ。

舎　言い過ぎでござるよ。修行というのは、こんなものでござる。

観　シャリさんはいいわよ、恐ろしく我慢強いんだから。わたしなんか、じっとしてられない性分なの。考えてもみてよ、外には広い世界が待ってるっていうのに。なんでこんなせせこましいとこで座ってなきゃならないのよ。お尻が痛いったらないわ。
舎　カンノンさんはわしよりは楽でござんしょう。わしは座禅してるでござるが、カンノンさんは脚ブラブラさせてる。ズルイでござるよ。
観　オホッ！　半跏趺坐《はんかふざ》は、わたしのスタイル。結跏趺坐《けっかふざ》より楽ちんよ。シャリさんもやってみればぁ。
舎　わしはいいでござる。わしには似合わない。わしは分相応でいいでござる。
観　もう・・堅物なんだからぁ。面白くないったらありゃしない。ぶ～らぶら、ああ、ぶ～らぶらっと・・・。
舎　ふざけるのはやめるでござるよ。ほら、ゆらゆら揺れてるでござる。
観　まったくオーバーねえ。地震なんかじゃないってば・・・うん？　なんなの・・。
舎　なんか変でござる。部屋の様子が・・・。
観　確かに。壁がゆらゆらしてる。陽炎のよう・・光の輪かしら？　鏡みたい・・・。
舎　鏡というより・・・壁に穴ポコができたようにみえるでござる・・。
観　あらまあ、覗き穴みたい・・あっ、手が入る・・ずぶずぶ・・抜けられそう。

舎　カンノンさん、大丈夫でござるか。やめたほうがいいでござるよ。
観　通り抜けられそう・・というより引っ張られちゃうのよ～・・ひえ～。
舎　ちょっと、カンノンさん！　うわあ、わしまで引っ張られる。わしは危険なんか御免でござるよ～。

お二人さん　時空の節穴とおりぬけ　さてさてどこまで行くのやら
ぴゅ～っと勢いよく吹き飛ばされ　ポトッと落ちる闇のなか

◆異界にて　カノンとシャーリ　大騒動でござる◆

カン　一体、ここはどこかしら？
シャ　だいぶ吹っ飛ばされたようでござるが、なんともせせこましい穴蔵然としたところでござるな。
カン　衣服がたくさんあるようね。素敵だわ。どれがわたしにいいかしら。
シャ　妙チキリンな布切れがぶらさがってるでござるな。

カン　これだけあると宝の山ね。豪華だわ。どれもこれも素敵！
シャ　ごてごてしてるだけでござるよ。人はいないでござるか。
カン　ねえ、見て見て！　これなんかあたしにぴったりだと思わない？
シャ　悪趣味でござるよ。魔王の愛人てとこでござる。
カン　もう、シャリさんたら。ファッションセンス、ゼロなんだからあ。
シャ　うんにゃ、見かけ倒しの安ぴかものでござる。
カン　少なくとも遠目からでもパッと見えるわ。それだって大事なの。
伯爵　あなたたち二人とも当たってるわ。ここにあるのは舞台衣装。人目をひきつけるようにパッとしてるのも本当だし、低予算で豪華そうにつくってる、まがい物なのも事実よ。あら、失礼！　わたしは、伯爵夫人。オホッ、はじめまして。あなたがたは？
カン　ごめんなさい。どうも迷子になっちゃったみたいで。わたしは、カンノンン。
伯爵　カンノンン？・・・カノンンね。こちらのかたは？
シャ　わしは、シャーリプトラでござる。
伯爵　しゃーり・・・素敵！　シャーリーね。おふたりともとっても魅力的ね。カノンンはなんともゴージャス。シャーリーは、シンプルにして個性的。ここではちょっと寒そうね。

カン　これはこれは、お美しい奥方さま。わたしたち、いきなりこの辺りに迷い込んだものので、不行き届き重々おわびいたします。ほんの軽装で失礼いたしております。
シャ　いつもこの格好でござるよ。個性的なんちゅうものではござらぬ。美しいのやら、なんとも不気味やら・・。体がぞくぞくするでござる。
殿下　この寒さですもの。お二人とも毛皮をまとってくださいませ。さあ、どうぞ。
カン　なんて気の利くこと。有り難うございます。
伯爵　あなたもいらしたのね。この個性的なお二人は、カノンさんとシャーリーさん。こちらは、殿じゃなくて、メイクさん。
殿下　どうぞよろしく。衣装係としては、お二人の格好には興味がうずきますわ。すてきに軽装ですこと。カノンさんはひらひらと優雅。シャーリーさんは、大胆にシンプル。
カン　暖かい所から参りましたので・・・ほんの普段着で。
シャ　いきなり吹っ飛ばされて、ドタッとここいらへ。
殿下　まあ、面白い。南からいらっしゃったのね。どうりで薄着。
伯爵　こんなところで立ち話もなんですから、あちらでお茶しながらお話ししましょうよ。

◆異界といえども飲み食いは楽し、でござる◆

カン　ここはどういうところですの？
伯爵　劇場ですのよ。さっきのが衣装部屋で、そっちは楽屋。ここは、休憩室ってとこかしら。
殿下　さあ、召し上がれ。
シャ　ありがたや。実は、腹ぺこだったでござるよ。・・・いやはや、どれもこれも実にうまいでござる。ムシャムシャ・・パクパク・・旨いでござる。
カン　ほんとね。でも、わたしはとくに甘いお菓子が気に入ったわ。ああ、極楽、極楽。
伯爵　カノンさんて、女らしいわね。
カン　オホホホ・・・なんか微妙ね。わたし、こうみえて歴《れっき》とした男なのよね。よく見てくださいな、薄いけど髭もあるでしょ。
伯爵　まあ、これは奇遇ですわ。わたしたちもご同様ですの。オホ、オホホ。
殿下　お仲間でしたか。それはそれは・・。ホホホホホ。

郵便はがき

料金受取人払郵便

新宿局承認

7553

差出有効期間
2024年1月
31日まで
（切手不要）

160-8791

141

東京都新宿区新宿1－10－1

(株)文芸社

愛読者カード係 行

ふりがな お名前		明治 大正 昭和 平成 年生
ふりがな ご住所	□□□-□□□□	性別 男

お電話 番 号	（書籍ご注文の際に必要です）	ご職業	
E-mail			

ご購読雑誌（複数可）	ご購読新聞

最近読んでおもしろかった本や今後、とりあげてほしいテーマをお教えください。

ご自分の研究成果や経験、お考え等を出版してみたいというお気持ちはありますか。

ある　　ない　　内容・テーマ（

現在完成した作品をお持ちですか。

ある　　ない　　ジャンル・原稿量（

名				
上 店	都道 府県	市区 郡	書店名	書店
			ご購入日	年　月　日

をどこでお知りになりましたか?
書店店頭　2.知人にすすめられて　3.インターネット(サイト名　)
DMハガキ　5.広告、記事を見て(新聞、雑誌名　)

質問に関連して、ご購入の決め手となったのは?
タイトル　2.著者　3.内容　4.カバーデザイン　5.帯
の他ご自由にお書きください。
(　)

についてのご意見、ご感想をお聞かせください。
容について

バー、タイトル、帯について

シャ　そうでござったか・・・道理で、きれいは奇麗でござるが、なんとなくへんてこりんだと思ったでござるよ。
伯爵　シャーリーってほんと正直ねえ。でも、カノンさんはおきれいね。髭ったって、まるで産毛っぽいわ。たおやかで女装がお似合いですこと。
カン　女装なんてとんでもない！　わたしはもともと、女ではなく男。そりゃあ、よくまちがえられるけど。もうなれっこよ、ババアといわれようがジジイといわれようが。でもね、女装といわれるのはチョット・・・。お二人とちがって、顔もつくってなけりゃ女に見せようともしていない。これがわたしのスタイルなだけよ。
殿下　よくよく見れば、カノンさんもシャーリーと同じような布切れまいてるだけのよう。でもなぜか、お洒落に見える。ほんと興味深いですわ。
伯爵　髪形はまるでちがうわね。シャーリーは、大胆なくりくり坊主あたま。カノンさんは、長い髪を優雅に結い上げてらっしゃる。雰囲気がゴージャスなのねえ。
カン　髪にも霊力がやどるって信じてるもので。わたしたち、これでも宗教関係なもので。
シャ　うまい・・・うまいでござる・・・。
カン　ちょっと、シャリさん！　食べてばかりいないで。わたしたち、これでも修行者なんだから。
シャ　これは面目ない・・・わしら修行中の身でござるよ。
殿下　なんという偶然の一致！　伯爵も実は聖職者。
伯爵　おほっ、照れちゃうわ。こんな格好してても、わたしも宗教関係者。なんてまあ、奇遇ですこと！　ほんと興味深いわ。どちらの宗派なのかしら？
シャ　世尊さまの弟子でござる。
カン　世尊さまの教えにしたがって、涅槃をめざしていますの。
伯爵　セソンねえ・・そんな聖人いたかしら？
殿下　どうやら異教の方々らしいですわ。南方あたりの。
伯爵　そのようね。でも全然モンダイないわ。だって、あたしなんか、不良坊主って呼ばれてるぐらいですもの。もう異端あつかいもいいとこ。
カン　どういう教えですの？
伯爵　そうねえ・・・もともとの教えは、悔い改めれば救われるってことかしら。でも実際は、聖職者どうしで争ってるってのが実情なのよ。そのくせ人のことには小うるさいの。こっちのシュミなんて、ほっとけってのよ！

カン　まあ、ホットケですって！　親近感わくわ。
シャ　ホトケとは・・ちんぷんかんぷんながらも、なにやら共通点があるようでござる。
支配人　皆様、もうそろそろ舞台のほう、よろしくお願い致します。
伯爵　あら、もうそんな時間。話に夢中で忘れていたわ。そうだわ、せっかくだからお二人も舞台に出演なさっちゃどうかしら。
カン　舞台って何ですの？
伯爵　ここは劇場。あたし、ここの舞台でお芝居にも出てますのよ。女になったり、男になったり。ほとんどはドタバタ喜劇ですけどね。
殿下　わたしも衣装係の延長で、ちょこっと出ます。お二人もぜひ舞台にお立ちくださいませ。きっと皆さん喜びますわ。ものめずらしさで。
カン　お芝居なんて、急にいわれても。
シャ　カンノンさんはともかく、わしは無芸大食でござる。
伯爵　歌とかならできるのでは。教えを歌にしたものとか。
カン　歌ねえ・・・読経ならできなくないけれど。
伯爵　それでけっこうよ。シャーリーも出てくださいな。なんといってもチャーミング。

シャ　わしもでござるか？
カン　わたしが朗唱するから、シャリさんは、座禅を組んでくださいな。
シャ　座禅だけなら、わしにもできるでござるな・・。
殿下　わたしなど小間使い役で舞台をちょろちょろして、衣装替えを手伝ってるだけ。心配いりませんよ、シャーリー。舞台なんてどおってことないわ。
シャ　じゃあ、まあやってみるでござるか。散々飲み食いさせてもらったことだし。
殿下　そうときまれば衣装ね。カノンにはこれがぴったりだと思うの。さあ、まずこれ着てみて。すっぽりかぶるだけ。その上からその布切れを適当に巻き付けてと・・・。ど～お？
カン　まあ、なんて素敵なの。夢みたい・・。
伯爵　ほんとにぴったりね。カノンのゴージャスさがひきたちますわ。
殿下　よかったら、ずっと着ててくださいな。さて、シャーリーはと・・・どうみてもそのままがベストね。

◆カノン、かのん讃歌を朗唱す。シャリは座禅だけ、でござる◆

さあ　いくわよ～　まかはんにゃはらみたしんぎょう
わたしカノンがね　深い瞑想に入っていた時
わたしはね　わたしたちの体や精神作用はすべて固定的な実体ではなく
無常に移り行くものなのだとみきわめたわけよ
そしたら一切の苦悩災厄が気にならなくなっちゃったわけ
い～い？　シャーリプトラさん
あらゆる目に見える現象は固定したものじゃなくて移り行くし
移り行くということは目に見える現象として現れるの
わたしたちの感覚も対象を心に思いうかべることも
意志も認識もそれ自体固定したものじゃなく
まわりの状況によって無常に生じたり滅したりしているの
およそ永遠に変化しないものなどないのよ

きまぐれですって？　大きなお世話！　そう　猫の目のように変わっているのよ
い～い？　シャーリプトラさん
この世にあるすべてのものには固定的な実体はないの　変化しないものはないの
だからといって　生じたり滅したりもしないし
汚れたりきれいになったりもしないし　増すことも減ることもないのよ
だからこの変化しないものはないという立場からみれば
身体も感覚も対象をイメージすることも意志も認識も　固定的実体はないの
眼も耳も鼻も舌も身体も心も
それらがとらえる形も声も香りも味も触れられるものも思われる対象も
眼に見えるものも意識のような見えないものも実体なく移ろっているの
迷いもなければ迷いがなくなることもない
さらには老と死もなければ老と死がなくなることもない
苦しみも苦しみの発生も苦しみを滅する方法もない
こんなことわかったからって智といえるほどでもないし得るというほどでもない
べつにあらためて得るものじゃないの　もともと命ってそんなものなのよ

無上の悟りをもとめる求道者は　心にわだかまりがないの
わだかまりがないから恐れもなく
一切の偏見　勘違いを遠くはなれて　永遠の平安に入れるの
過去現在未来の仏とよばれるひとびとは　知恵の完成によって
般若波羅蜜多によって　このうえない悟りを得られるのよ
えっ？　ホットケですって　大きなお世話よ
だからこそ知るべきなのよ　そこのあなた
知恵の完成に至る　すごく神秘的な呪文　とっても輝かしい呪文
このうえない呪文　ほかに比べるものない呪文があるの
よく一切の苦しみに効くの　本当よ　嘘はないわ
じゃあ　いまからその有り難い呪文を言うわよ　い〜い　よ〜くきいて！
ギャ〜テー　ギャ〜テー　パーラギャ〜テー　パーラサンギャ〜テー　ボディ　スヴァー
ハー
到れり　到れり　彼岸へ到れり　とうとう彼岸に到着よ　悟りめでたし
はんにゃしんぎょう〜

ああ　なんて気持ちいいの　これよ　これ　生きてるって実感よ

シャ　ああ〜、出たあ！　カンさん、アレが出た。月の輪が出たあ！

カン　あっ、お迎えが来たようね。みなさん、ごきげんよう、さようなら〜。

シャ　ゴチになったでござる。感謝、感謝でござるよ〜。

§☆◎◇◆？・？・？・？・？・？・？

伯爵　あっというまにいなくなっちゃったわ。不思議な方々・・でも、素晴らしい余興になったわね。画期的な演出というか。

殿下　どんな魔法を使ったのやら。霊力があるっていうのもあながち嘘じゃないみたいね。ともあれ、チャーミングな方たちでしたわ。

◆石窟内へと　無事、帰還でござる◆

観　どこ行くかと心配だったけど、戻れるものなのねえ・・・。なんか自信がついたわ。

舍　戻って来れたのはよかったでござるが、まだ食べ残しがあったでござる・・・。
観　や～ねえ、あんなに食べまくってたくせに。わたしこそ、食べそこねたわ。チョコっていうのはもっとつまめばよかったわ。
舍　また行けばいいでござる。食べ物どっさり。衣切れもどっさり。カンさんは、その服もらってきちまったでござる。
観　このドレスは戦利品てとこかしら。それだけはよかったわ。でもね、あそこは危険よ。誘惑がおおいのよね。美味もたっぷり、衣装もたっぷり、愉快な方々・・・そんなことに惑わされちゃいけないわ。
舍　わしは浮いとったが、カンさんは見た目からしてお仲間同然、はまっておったでござるよ。妙ちきりんじゃが、それなりにいい人たちでござった。
観　わたし、どこでもそれなりに合わせちゃうから。たしかに面白い人たちだったわ。でもねえ、中身はまるでちがうのよね。あの人たちは、自分の楽しみを追求してるだけなんじゃない。断じてわたしは、女装家じゃありませんって。利他の精神こそがわたしたちが実践すべきものよ。わたしの本当の名前は、観自在。自在にみる。どこへでも自由自在に行けちゃう。あの穴ぽこは、大いなる賜物。その能力をこうして手に入れたからには、わたしがすべきは人助け。だれ一人もれなく救うまでは、成仏できないわ。
舎　わしは自分が恥ずかしい。カンさん、あんたはスゴイ！　チャラい外見に似合わず、そんなに利他の情熱に燃えているとは。お見それした！　いや、よくよく見れば、外見も神々しい。どこまでいってもセソンの弟子にすぎないわしとちがうでござるよ。独立に崇拝されてるだけのことはあるでござるなあ。
観　だめ駄目、そんなにもちあげても何も出ませんよ。次はもっと実のあるところへ行きたいものだわ。
舎　わしはまだだいぶ修行が足りんようでござる。反省せねば・・・それでは、失礼して寝るでござる。
観　わたしも寝なきゃ。次こそ、修行に役立つ人助けをしたいものだわ。ああ、でも舞台での読経は快感だったわ。少しは功徳になったかしら・・ねむっ・・・。

この調子では、ふたりの修行はまだまだ、まだまだ・・・長引きそうだ。石窟の外では、星々が淡く、そして月が冴えざえと、永劫ともみえる光を放っている。

宿縁　因果はめぐる糸車

壱　影の薄い男

生まれにより位こそ高かったが、これまで男の生涯はまるでパッとしなかった。おとなしい性格がわざわいしてか、母をはじめとする野心家たちに囲まれ、まるで傀儡同然の人生を歩んできた。それにくわえて男の影をかすませたのは、光り輝くような弟の存在だった。腹違いだが、弟にちがいはなかった。容貌、才知、なにをとっても弟にはかなわない。とりわけその美貌のまえでは、男の存在など無にも等しくなってしまう。とくに色恋においては、弟はその力を発揮した。男がおもった女はむしろ、弟をおもった。男が愛した女はことごとく、弟にうばわれた。

表面的には、兄と弟は仲がよかった。光り輝く弟の兄である男は、自分が背景に埋没した存在なのにすっかり慣れきっていたので、鷹揚ともいえる諦観を身につけていった。男の顔には、諦めからくる微笑がはりついていった。その仮面のしたで、どす黒い澱のようなものがしんしんと溜まっていった。表面こそ澄んでいるが、底のほうはどろどろによどみ停滞している・・・。

弟がわるいのではない・・弟がわるいのではない・・。弟はけっして悪いやつではない。むしろ、気のいいやつなのだ。多少移り気ではあるが、それもしかたのないことだ。ああもちやほやと、女たちが押し寄せてきては、それもいたしかたない。弟の輝かしさが女たちを吸い寄せてしまう、まばゆい光に女たちは目がくらんでしまうのだ。強い光をふりまく恒星にかくれた染みのような、あってなきがごとき存在、自分はそういう運命に生まれついているのだ。

男は負け犬状態を気に病むこともないほど負けつづけることに慣れきっていたので、無意識のうちに淋しげな微笑をもらすだけだったが、もやもやした気分がいつも燻《くすぶ》っていた。胸の奥底に閉じ込められたどろどろは、男の知らないところで不気味に沸々と泡立っていた。だが、男と弟のあいだは、表面上はあくまでも穏やかに過ぎていった。時はただとりとめもなく流れに流れていった・・・。

時の流れとは恐ろしいもの。ただ状況に押し流されるまま、やり過ごすばかりの日々だったが、男もいつのまにやら初老にさしかかって、老い先を思い煩う頃合いになってしまった。男は自分の出家に際し、まだ子ども同然の娘を弟に託すことにしたが、ただ頼りない娘の行く末を案じたがゆえで、男にこれといった他意はなかった・・。

弐　春の野に獣をとき放て

うららかな春の昼下がり。まどろむような日差しのもと、中庭では若い男たちが蹴鞠に打ち興じている。室内には、女たち。すだれ越しに見るともなしに外を見ている。

屋敷のなか。突風が突き抜ける。突然の花あらし。

くん、くん、くんくん・・・鼻がむずむずする。敏感な触覚・・・髭がびりびり感じる。なにやら不穏な匂いだ。ムムッ？　ド～ン・・ザザーッ・・・迫りくる物体。ぐんぐん突進してくる。突如として身内にみなぎる、わけわからない野性の息吹。

大きな猫がちっちゃいのに追いすがってくる。目茶苦茶な大騒動。逃げすさったり、立ち向かったり。めくら滅法走り回る。女たちは、どうしたものかとざわめきたつ。

ハアハアハア、ハア・・・息が苦しい。苦しいが、なにやら気持ちいい。いままでにない快感だ。ふつふつと頭をもたげる衝動。野性の本能。暴れまわりたい気分でむらむらする。どうも、首のまわりがうっとうしい。いままで気にならなかったが、なにかがまつわりついて自由な動きを邪魔している。こなくそっ。ええ〜い！

長くつながれた小さな猫が、狂ったようにかけずりまわる。綱が引っかかったか、簾がザザ〜ッと上がった。

最前から室内にちらちら目をやっていた男。簾が上がってまる見えになってしまった屋内に、心うばわれ目が釘づけになる。奥まったところにほのかに見える、あの若いひとがあの方にちがいない。桜の花のような御召し物。ほっそりと小柄で、なんと可憐なお姿なことよ。嗚呼・・・逆光でぼんやりとしかわからないのが残念だが、幼いほどに若くかわいらしいひと。もっとおそばではっきりと見てみたいものよ。嗚呼・・・もどかしい。

と、その時、パタッと簾が下りてしまった、お付きのものたちもさすがに気づいたとみえる。バタンと、閉め出された男。男の胸も悲しみでいっぱいに塞がってしまった。

ああ、せいせいした。あばれまわったせいか、気分がいい。スカッとした。首まわりが楽ちんだ。ヒモが切れたのか、動きがスムーズだ。よし、庭に出てやるぞ。ひゅう〜・・

トコ、トコ、トコトコ。いつもとは勝手がちがうが、新鮮だ。空気がちがう。あのこもった嫌な感じではない、ひろびろと吹き抜けてゆく。風が頬をくすぐる。いい心持ちだ。クン、クン、クンクン、匂いもちがう。自然で、より刺激的だ。よ～し、お散歩だあ。

うろつきまわるのも一段落。なにやら心細くなってくる。ぼお～っとした周囲。おいで、おいでと手招きする手が目にはいる。のっぺりした男の顔が視界をふさいでくる。退屈になってきたし、ちょうどよかった。誘われるままに近づいていくと、男の手がのびてきて、やたらに頭をなでつけてくる。多少迷惑な気もするが、人恋しくもなっていたので、なされるままにしていてやった。一方ならず熱心だ。なでるだけでは足りぬとみえる。小さなからだをもちあげて、ぎゅ～っとだきしめる。なにを血迷ったか、「ひめ、ひめ、ああ～、ひめ～」とささやく。なにやらこそばゆいが、なにくわぬ顔でゴロゴロ咽喉を鳴らしておいた。毛に鼻をおしつけては、「ああ、この匂い。姫のうつり香か」と涙を流さんばかり。ばかばかしくはあるが、ちょっと哀れでもある。思わず、貰い泣きして可愛らしく声を立ててしまったことよ。

ニャア～ニャアニャアニャア～・・・男の腕のなか、子猫が鳴いた。

参　天女の恋は、天衣無縫

ね、そこにいるのだれなの？

あっ、ぼく怪しいものではありません。あなたをお慕いしているものです。手紙をよんでいただけたかと・・・。

てがみ？　あっ、もしかして星とか月とか太陽とか、おおげさなこと書いてきた人？

そうです、そうです。変でしたか？　でも、どうしてもあなたにあいたくて。

かわってるのね。わたし、星でも月でも太陽でもないわ。子どもすぎるっていわれてるのよ。

譬えなんですけど、月並みでしたかね・・・。僕まえからあなたにあこがれていたんですけど、あなたのすがたを垣間見てから夢中になってしまいました。天女みたいなかたです、あなたは。

あなたこそ、王子様にみえる。もっとずっとちかくにきて！　ほんと、ずう～っと夢見てた王子さまみたい。すてきな王子様。

そんな、僕は、姫さまほど身分が高くはありません。あなたを妻にとずっとおねがいしていたのですが果たせず・・。せめてもの慰めにとぜひにとゆずっていただいた、あなたの子猫をかわいがっているのです。

わたしもあなたの妻ならよかったのに。猫ちゃんがうらやましい。あたし、あんなおじさん嫌い！

でも有力なかたです。こんなこと知れたらどうなるか・・。

あのひと、わたしの叔父さんよ、おじさん！　なんでわたしが？　お父様は、それがおまえにとっていいことだからって。なんなのよ、あんなひと。わかいころはいい男で鳴らしたっていうけど、いまはしなびたオジサンじゃない。でもってあたしのこと、幼すぎるって。期待はずれだって。なんにもできない、わきまえがないともいってたわ。

それはひどい。あなたをまるでわかっていない！　あなたのような純真無垢な天女を。僕は自分が恥ずかしい。あなたにくらべれば僕なんか汚れてるんです。あなたに憧れてはいましたけど、あなたを妻にと望んだのには出世の役に立つって気持ちもあったんです。ほんと情けない・・。

そんなことないわ。あたしだってあなたの役に立てるなら、どんなにうれしいか。なによ、あんなオジサン。嫌い。嫌い！　あんな人、大きらい！　わたしをここから連れ出してちょうだい！　おねがい！

ああ、姫さま！

あんなおじさん、いや！　あなたがいい。ひめ！　好きです、ひめ。あたしも、あなたがちゅき・・・ひめ、ぼくすごくしあわせでちゅ・・・あたしも、あたしもしあわせでちゅ。

はなれたくない。あなたといたい。ひめ、僕もうどうなったっていい・・・ああ。

四　やわらかな春の日差し

娘があんなところにいられないと訴えてきた時、どうしたことかと困惑したものだが、よくよく事情がのみこめてくるにしたがい、男は驚きながらもこみあげてくる喜びをおさえるのに苦労した。泣きじゃくる娘に対してさすがに、「あっぱれ、でかした！　わが娘よ」とは言えなかったが、「おまえのせいではない、これは天がさせたことなのだ」と繰り返してなぐさめた。どうやら期せずして、意趣返しを果たしたらしい・・。

それにしても、この子の輝かしさはどうだろう。この子を見るたびに心があらわれる思いがする。けっして華美ではない、日の光ではなく、むしろ月影のような風情だが、そこはかとなく馨《かぐわ》しい。この子は、わたしの娘の子ども、わたしの孫だが、あいつの息子ではない。わたしの血をひいてはいるが、あいつの血は一滴もまざっていない。こんな事態になるとは夢にも思わなかったが、困惑するというよりむしろ、愉快だ。物心ついて以来、ずっと日陰を歩まされてきたが、雲もうすれてなにやら清々した気分だ。

状況からすると、困ったような、すまないような顔をしなければならないのだが、自然しぜんに笑いがこみあげてきてしまう。変われば変わったものだ。つい先だってまでは砂を噛むような味気なさ、憂鬱さを面に出さないようにと努めつづけてきたのだから。まあ、こうなったらこうなったでいいだろう、すべては神様のなさったことなのだ・・・。

それにしても、あんな優男がこんな大胆なことをしでかすとは・・。娘にひとかたならず執心だったが、頼りなさそうでそのままにしてしまった。おもいのほかやるものよのう。惜しむらくは、繊細すぎたようだ・・急にはかなくなってしまうとは・・。

男にむかって幼子は、にっこりほほ笑んだ。男は、喜悦の笑みをもらした。

五　戻り猫

　王子さまが死んだと聞かされた時、目の前が真っ暗になった。もうわたしの人生も終わったって思ったわ。でも、ちがったみたい。こうしてあなたは戻って来てくれたし、あの子もいる。これからはずっと一緒ね。ず〜っといっしょ。思えばはかない逢瀬だったわ・・・あの子が残されたとはいえ、あまりにあっけない。でもこうして、あなたは戻って来てくれた。もうはなれませんよ〜。

　おんなは縁側でひなたぼっこをしながら猫をだきしめ、しきりに王子様、王子様と囁いている。そんな娘をいぶかしがりながらも、男はほほえましげに物陰から眺めている。

　なんでも、娘が以前飼っていた猫が戻って来たのだそうだ。娘の言動には多少おかしなところもあるが、まだまだ子どもっぽさがぬけないせいだろう。まあなんとか元気をとりもどした様子だし、これでよしとせねばなるまい。事が起こるときは起こるもの・・・このていどでおさまっただけ不幸中のさいわいと思うしかあるまい。こういうめぐりあわせということなのだ。いやむしろ、これは宿世の縁なのだ。男はそうひとりごちた。

猫は満足しきった様子で、なに知らぬげにノドをごろごろ鳴らした。

六　老女の戯言

おふたりを手引きしたのは、このわたしめにございます。あの方のご様子はそれはもうお可哀想というか、こちらもほだされてしまうほどでした。ぜひにと姫様の所の子猫をもらっていかれたこともありました。いたく可愛がられたそうで・・それはもう熱心なことでしたな。

あんな良い方があんなにあっさりとお亡くなりになってしまうとは、ほんにおいたわしいことです。運悪くすぐに光の大殿に露見してしまい・・・それを気に病んでご病気におなりになったんでしょうか・・。なんとも残念なことでございました。

考えてみれば、丁度あのころから光の大殿も衰えが目立ちはじめましたな。長年連れ添われたお方もみまかられ、昔日の栄華にも陰りがみえてしまいました。華やかなぶん大殿にはあれこれおありになったから、これもなにかの因果でございましょうか。

姫様はいまは念仏三昧の日々とか、きっとあの方の菩提をとむらってのことと推測いたします。ただ一度の恋に殉じられたのですなあ・・・。

若君もかぐわしく成長なさって、どことなくあの方に似ていらっしゃる。血はあらそえませんなあ・・ああ、なんまいだ、なんまいだ・・・南無阿弥陀仏！

告白　飾職人にして交易商 アグスチーノによる

つい先日の夕刻、霧が深く立ちこめるなか大聖堂のそばで行き倒れている老人に遭遇した。保護してここへ連れてきたが、一昼夜以上して老人はやっと正気づいた。飲食その他で一段落ついたところで、「筆と墨を貸してほしい」と言って老人は懐から紙を取りだした。

「わたしは、もう長くはあるまい。体は重だるく、頭の中にも時々霧が湧いてきて記憶がとんでしまうようだ・・・。昔のことはまだ覚えているので、せめてそれだけでもとこうして書き付けているのだ」と、老人は筆を走らせていた。

ちょっと目をはなしたすきに、いつのまにか老人は姿を消してしまったが、書き付けだけは放りっぱなしのまま残されていた。

間近で見れば、紙も上等で、大切な品のはず・・・。あの老人は、なんらかの病と推察され、おそらくは置き忘れていってしまったのだろう・・・。

次のものが、老人の手になる書き付けである。

〈私事《わたくしごと》についての覚書〉

実はわたしには、軽々しく人様に口外できない秘密があります。世が世なら自慢にもなりえましょうが、キリシタンがご禁制となった昨今では、もしこれが知れたらどんな目で人に見られるかわかったものではありません。いまでこそ使っておりませんが、わたしには洗礼名がございまして・・・アグスチーノと申しました。わたしには飾職人の祖父がおる以外はほとんど孤児同然で、教会にやっかいになっておりました。

十三歳ぐらいのときだったでしょうか、異国への使節の随員に選ばれたと教団から申しわたされました。突然のことでびっくりしましたが、教会にはお世話になっていますし断ることなど思いもよりませんでした。何年かかるかわからない遠い南蛮への旅らしいのですが、あれよあれよという間のことで、大村にいる祖父に会いに行く間もありませんでした。わたしが旅の空にあるあいだも、セミナリヨにいるものと思っていたのでしょう。知られなかったのはわたしにとって、むしろ幸運だったと思います。

使節は、正使二名、マンショとミゲル。副使二名、マルチノとジュリアン。そして随員二名。みな同じぐらいの年頃の少年でした。随員であるわたしとコンスタンチーノは、印刷術の習得を目的としていました。わたしたちより年長の教育係、ロヨラ修道士のことも忘れられません。わたしたちは伴天連に連れられて海を渡って行ったのでした。

行き帰りをふくめると八年以上。実際は天川《あまかわ》に滞在した時間が長かったとはいえ、南蛮へ、そしてローマまでもわたしたちは行ったのです。数々の、驚くべき壮麗なものを見ました。しかしそれは、修道会が見せたいものだけ見させられたといってもよく、わたしたち少年それぞれの人生は、この国に戻ってから本当の意味で始まったといっていいでしょう。

結局わたしは、修道会には入りませんでした。他のみなは入会したのですが、わたしだけは入会せず、修道会から徐々に距離をおくようになりました。諸般の事情はありましたが、なによりもわたしの内心の声がそれをわたしに命じたのです。正使方はご領主さまの親類縁者、副使方も豪族の子息。随員のわたしは、飾職人の頭《かしら》を祖父にもつにすぎません。もともと印刷技術習得要員という裏方でもありました。同じ随員のコンスタンチーノとちがい、わたしには特別な語学習得能力もありませんでした。印刷に係わる手伝いはよろこんでするけれど、自分には信仰の道をきわめる能力はないとお断りすれば事足りたのです。最初から期待されていないことは、わたしにとってかえって幸いでした。

帰国してみたらキリシタンがご禁制になっていたことですか？　それは言い訳にすぎません。それ以前に、わたしのなかでこの宗教や教団にたいする疑義、不信が芽生えてしまったからです。幼いころ亡くなった父がよく言っておりました、自分の目で見、自分の耳で聞き、自分の頭で考えて、自分で行動しろと。異国で自分で見聞きした結果、納得できないものを感じてしまったのです。この宗教を信じるには、わたしは疑い深い人間に過ぎたようです。磔刑《たっけい》になった方は、わたしには神どころか哀れな人間にしか思えませんでした。責めさいなまれる姿は神々しいどころか、目をふさぎたくなるような残酷さを感じて身震いしました。

ある山の上の聖地で見た、小鳥に語りかける聖人の壁画にむしろ心癒やされ、ほっとしました。ところが、ここは自分たちと敵対する修道会の聖地だから連れて来たくなかった、あれは頭のいかれた隠者だからよろしくない、と同行の伴天連は言いだす始末。自分の感じ方とのあまりの違いにびっくりさせられました。ことほどさように、修道会は、自分たちに都合のいいようにわたしたちを教化しようとしていたのでしょうが、ことわたしに関して言えば、その甲斐はまるでなかった。要するに、まだ少年とはいえ、わたしはわたしでしかなかったということです。

　宗教のことはわたしの理解の外としても、わたしはむしろ世俗の世界にこそひかれました。そこにこそ、生き生きと血湧き胸躍る世界がありそうだと感じたのでした。旅行中わたしたちは伴天連の指示にしたがっており、自由は制限されていましたが、隠そうとしてもなんとなく色々なことは漏れでてくるものです。それにわたしは随員という立場でもあり、束縛は多少ゆるかったといえます。異国にも、物乞いもいれば泥棒もいる、諍いもあれば反乱すら起こっているようで、修道会がわたしたちに気づかせたくない暗黒面があるようでした。しかし、世俗の人々のなかに、わたしたちを篤くもてなしてくれる人情味にあふれる方々がおられました。言葉は不十分でも気持ちは伝わるのをしばしば感じました。言葉は不自由でも、子細に観察していれば、まわりの状況はおのずとわかってくることがほとんどでした。

　わたしの使命である活版印刷はとても興味深く、その習得もさほどの困難はありませんでした。そのときは単なる見習いでまだわかりませんでしたが、創意工夫をこらすことはわたしのおおきな喜びでした。技術を学び、異国滞在中もためしに印刷出版を始めていました。そして帰国に際しては、印刷機をもって帰りました。この仕事は、わたしとコンスタンチーノ、そしてロヨラ修道師がおもにたずさわりました。

ロヨラ修道師、九州の片田舎の方言しか知らず、読み書きも不十分なわたしたちの日本語の先生であり、また兄のようなお方・・。帰国途上の天川で、いちはやく本格的に出版事業にいそしんだのですが、そのロヨラ修道師が病にかかり、あんなにもあっけなく亡くなられるとは、本当に口惜しく悲しいことでした。故国の土を踏むこともなく、天川の教会の地下に葬られました・・。

帰国後ほどなく、正使、副使四人は修道会に入会しました。わたしは出版事業にはたずさわりましたが、入会はせず、あくまで金銀細工師、飾職人としての道を歩んでいくことにしました。わたしは祖父のもとで金銀細工の修業に励みました。異国に行っていたことを祖父に話しましたら、祖父は驚いてわたしの話に聞き入っておりましたが、その話はわたしの胸にとどめておいたほうがよかろう、むやみに人に話してはいかんよと言われました。わたしももっともだと思いましたから、祖父の言うとおりにしました。教会の印刷出版事業には細工師としてよろこんで関わり、この国の文字を活字にするための型造りに携わりました。同じく印刷に携わっていたコンスタンチーノは、語学の才能を買われて何年か後、修道会に入会しました。

風の噂に、正使の一人ミゲルさんが脱会したと聞きました。ミゲルさんは身体が弱かったので、修道についてゆけなかったのかもしれません。わたし同様、前からうすうす宗団のうさん臭さには気づいていたのでしょうが、なまじ身分があるから入会せざるをえなかったのかもと同情にたえません。今では棄教者として有名になってしまいました。わたしも一歩まちがえば同じ立場に立たされていたかと思うと、ぞっとします。切支丹側からも一般社会からも異端視され邪魔者あつかいされて、辛い人生を送られたにちがいありません。まことに痛ましいことです。

わたしは職人として精進し、名人とまではいかないにしろ、腕がいいといわれるようになりました。一人前になるとともに、細工をするだけでなく外に出て行きたいという思いがふくらんでまいりました。内海にしろ外洋にしろ、海はすぐそばにあったのです。なにやら海が、そして異国が、わたしを呼んでいるような気がいたしました。前から暇をみつけては、読み書き、算盤にも励んでいたのですが、ラテン語はべつとして、昔習わされた異国語のかんたんな日常会話をおさらいするようになりました。わたしはしばしば、修道師ロヨラ先生が教えてくれたことを思い出していました。

正使筆頭のマンショさん、素直な方で伴天連にもかわいがられ、司祭になって布教していましたが、いよいよこれからというときにあっさりと亡くなられたそうです。お母上もどんなにお嘆きになられたことか・・・。伴天連はある意味いちばん期待していたでしょうに、わからないものです。

この頃わたしはすでに、外海に出るようになっていました。いわゆる南蛮貿易にたずさわり、天川へも行くようになりました。そのうち天川を本拠地にするようになりました。さすがに喜望峰を越えることはありませんでしたが、マラッカ、ゴアなどへは幾度も出かけたものでした。

副使のマルチノさん、あの頃も四人のなかでラテン語が一番すすんでいましたな、代表してお礼の言葉を述べたくらいですから。あの方は語学力その他、能力はあったのに冷遇されたようです。頭角をあらわしたぶん、伴天連にねたまれてしまったようです。禁教令にともない国外追放にあって、天川へ行きました。何年か前に亡くなって、今では天川の教会の地下に眠っています。

副使のジュリアンさん、おもえばあの方は一途でしたな。ローマで病気になった以外は頑健で、熱血漢でした。ローマでは熱病にかかり、公式の謁見には参加できなかったのですが、どうしてもパッパ様にお会いしたいと熱望して、内々に教皇様に謁見していただいた。その感激を一生涯忘れることがなかったようです。だからこそ、当局と長年戦い、穴づりの刑にも耐えぬいて殉教なさったのでしょう・・。ほんとうにむごいことでした。

一番おどろかされたのは、同じ印刷習得要員だったコンスタンチーノです。たしかに語学力はありましたが、修道会内でああも出世するとは考えもしませんでした。わからないものです。マルチノさん同様天川へ行ったのですが、異国の地で学院長にまでなってしまうとは・・・。両親の一方が異国人というわけでもないのに異国の言葉はなんなく習得し、そのくせ日本語は日常会話ていどで読み書きがままならなかったというのも不思議といえば不思議なことです。そのおかしな人物も天川の教会の地下に眠っています。

ロヨラ先生、マルチノさん、そしてコンスタンチーノが天川に眠っているのですから、考えてみれば、不思議なものです。このわたしも遠からずそうなるのかもしれません。すでに年老いて、故国に帰っても甲斐がない身のわたし。天川は第二の故郷のようなものですから、それも本望といえます。

教団からは離れたわたしですが、大聖堂の美しいお姿は大好きです。聖堂地下はわたしには望むべくもありませんが、せめて近くの倭人墓地なりとも埋葬ねがいたいと切に望むものです。

＊＊＊＊＊

ここに書いてあることはまったくの出鱈目ではないかもしれないが、どこまでが事実なのかは確かめようがない。上役によると、この老人はこの辺りではわりに知られた親方で、南蛮の言葉をあやつり、南蛮の事物にも通じているというから、あながち大法螺ともいえず、なんらかの事実にもとづいているものと推測される。

件の老人に関する後日談

その二、三カ月後、港の近くであの老人を見かけた。最初は誰だかわからなかった。こちらに向かって、さかんに手をふったり、ぺこぺこお辞儀したりする老年の者がいる。近づいてみると、例の老人だった。親子ほどは若い男女に付き添われていた。その節はお世話になりながら、ご無礼いたしましたとか言いながら、照れ笑いをうかべている。

女のほうが言うには、「なにやら年寄りがご迷惑をおかけしたようで、申し訳ありません。父は何分にも年寄りで、最近はボケも入ってきたようです。多少おかしな言動も大目にみてください、何卒お見逃しを。お役人様」と頭をさげるのだが、老人は「なにを言うか。わしは惚けとりゃせん！」とわめいていた。男のほうも「親方は仕事の腕はたしかだが、ちいとばかり法螺吹きで・・」と言えば、娘のほうも「うちの人のいうとおり。前から話が大袈裟だったのが、近ごろは惚けてきたのか、ダボラがひどくなって、夢みたいなことを時々口走るんです」

老人はさかんに「惚けとりゃせん。わしは惚けとりゃせん！」と言いはっていたが、「ほら、法螺、真っ赤な錯乱暴・・ってか」と、とぼけてみせた。

なにやらかつがれた気分だが、ともかくも、この前、行き倒れて保護したときの悲痛さとはちがい、この老人には娘夫婦もいるということで、少しばかり安心した次第ではある・・・。当惑気味のこっちは、「心配していました。お元気そうでなによりです」と言ったあと、「おれなんか、どうってことありません。心配は無用です」と口走るのがやっとだった。

三人と別れてから、おれは海を眺めながらあれこれと感慨にふけった。

「お役人様」だって、おれのこと、なんか誤解してないか？　おれは倭人会で働いてはいるが、当局の役人じゃない。倭人会は、ここいらにいる倭人の親睦団体みたいなもので、保護や取り締まりもしてはいるが、当局の手先じゃない。当局の取り締まりをさけるべくいろいろ心をくだいているのが実情だ。そこの、まったくの下っ端の若造が、このおれだ。あっ、しまった！　あの書き付けのことを言うの忘れてた。好不調の波はあるにせよ、やはりあの親方はなにかしらの病にかかっているのではないか？なるたけ早目に返すようにした方がいいかもしれない・・・。

あの親方は、おれにとって憧れ以外のなにものでもない。おれの本心などわかるはずもなく、親子三人がかりで盛んにとぼけていたが、親方が大先達なのはバレバレだ。

いままで意識にのぼらなかったのが不思議なくらいだが、目の前には海がこんなにでっかく広がってるじゃないか！

遥かな水平線に、おれの視線が吸い寄せられる。身体じゅうを血潮がどくどくと波打っていた。

柳絮恋《りゅうじょれん》

湘江《しょうこう》のほとりから飛び来りし柳の綿毛、己が名と同じ蓮のごとき美女と恋をす

荒涼たる原野。とぼとぼと歩みつづけるふたつの影。ひとりは道教の老僧。もうひとりは弟子であろうか、まだ十分若くみえる。

自分の弟子のことを、わしはほとんど知らない。だが腕っ節が強いので、とてもたすかっている。いまはすこし落ち着いたが、なにやらいきさつがあって血迷ったらしい。もう半年ぐらいになるだろうか、わしが休んでいるところに、半狂乱の体で駆け込んで来た。自分は妻を殺めてしまった。もう生きている甲斐もない。どうしても出家したい。どうか弟子にしてくれと気も狂わんばかりだった。やつれ果ててはいたが、よく見ればなかなかの美丈夫だ。事情がはっきりしないがあまりに哀れだったので、まあよかろうと旅の供にした。

茫々たるススキの原のもの悲しさ。日も暮れて、歩みもたよりなくなったちょうどその時分に、あばら家がぽつんと見えてくる。渡りに船と近寄って一夜の宿を請おうとしたが、中に人の気配はなかった。それでも外よりはましと中に入り、粗末な携行食を腹につめこんだ後、疲れ果てたふたりは、着の身着のまま横になって眠りについた。

疲れから一旦は寝ついた男だったが、どうやら眠りが覚めてしまったようだ。少し離れたところから軽い鼾がきこえる。老師は熟睡しているらしい・・。

生暖かい空気・・。なにやら、すすり泣くような音がきこえてくる。視界の隅に黒い影・・。ジットリと汗ばみ、胸苦しさを感じる・・なにかが覆いかぶさってくるような気配。どこからともなく忍び寄ってくる靄が、やがて視界をおおいつくすように、息苦しくたちこめてくる。白い影が蠢いて、人影のかたちをなし眼前に迫ってくる・・・。

レンさま、レンさま・・なまめかしい囁き声。

ああ、そなたは・・我が名を呼ぶそなたは、我が妻なのか・・・。

お恨みいたします・・お恨みいたします。

恨まれて当然だ。恨まれるどころか、見捨てられても仕方がない。つかみかけていた宝玉を、おろかにも自ら取り落としてしまった・・。そなたは、そんなにも潔いというのに、このわたしは腑抜けとなりながらもずるずると生きている。そなたを失ってしまった後悔に苛まれながら。生きているとはいっても、もはや死人同然。ただ死ぬ力もないから、無益に息をしているだけのこと。

なぜ信じてくださらなかったのですか・・殿方をからかったり挑発したりしたことはあっても、心も身体も許したことはありません・・・荒れ狂う人影。激しく身をよじって、胸のうえにのしかかってくる・・。

許してくれ、許してくれ・・わたしがわるかった。わたしの勘違い、早呑み込みが、そなたを死に追いやってしまった。そなたは汚れた女ではなかった。それどころか、烈女だった。男のわたしよりも雄々しく勇敢だ。それがわかったときには、そなたは自ら死出の旅路に・・・。ゆるしてくれ、おろかなわたしを。いや、許してくれなくていい。どうにでもしてくれ、そなたの気のすむように・・・そなたになら取り殺されても本望だ。

のしかかって身をくねらせる女。それまでの氷の冷たさが溶けて、生身の温かさが伝わってくる感じだ。もう青ざめてはいない。美しく血色がいい。なまめかしさが迫ってくる。

お会いしとうございました。

わたしこそ、会いたかった。会えるとは夢のようだ。

もはや幽明境を異にする身。自ら断ち切ったはずの思い。それなのに、やはりあなたが恋しい。あなたが出家なさるとは、思いもよらないことでした。

出家などという立派なことではない。ただただ、そなた恋しさに狂ってさ迷っていたのを、老師にひろわれただけのこと。そなたをなくしてしまっては、もはや生きていても甲斐なきこの身。どうにでも好きなようにしてくれ・・一緒につれていってくれ。

ああ、蓮さま・・・からみついてくるおんなの身体。ああ、いとしいわが妻よ。熱い思いに身も心もとろけていく。蓮さま・・・ああ・・・蓮さま・・・妻よ・・ああ・・・麗しいわが妻よ・・ああ・・・このまま昇天させてくれ・・・激しく脈打つ鼓動・・ああああ・・・ああああ・・・煮えたぎる血のめぐり・・・あああああ・・・たぎり立つ熱い血潮・・・ああああああ・・・目眩く激情・・あ・ああ・あああ・愛しい・いとしい・・妻・よ・・情欲の嵐がふきすさぶ・・ああああ・ああ・れん・さま・・・堰を切って狂おしくのたうつ奔流・・滝となって落下する・・・あああああああ・・・恥じらうような喘ぎ声・・・やがて潮が引くように、すすり泣きにも似た嗚咽へと変わっていく・・・。

こうなったからには、わたしを一緒につれていってくれ。もうそなたなしにはいられない。

それはできません。禁じられています。わたし確信しました、わたしたちは身も心も一つになったと。天上でずっとあなたをお待ちします。あなたは老師さまをお守りしてお勤めを果たした後に天上へおいでください。

今すぐにも行きたいのに・・・そんなに待てるだろうか・・・。

大丈夫、永遠にくらべればほんの一時のことです。わたしは、心身ともに強い男と見込んだからこそ、あなたの妻にと願ったのです。わたしは強いあなたが好きなのです。どうぞ、しっかりとご自分のつとめを果たしてください。

そうだとしても、いまの自分はそんなに強くはない・・弱い男なのだ・・・。

これを残していきます。この玉は、わたしの化身。肌身はなさず身につけていてください。わたしはいつもあなたとともにあります。一緒なら百人力ですわ。

そなたと一緒なら、百人どころか一騎当千だな。

その意気ですわ。それでこそ、わたしの蓮さま。

妻が初めてみせた晴れやかな笑顔。その笑顔は、明けそめて白みかけた空気のなかへ拡散して消えていった。男のたなごころには、玉が残された。一見翡翠のようだが、時として稲妻の轟きのごとく閃光を発する・・血のような赤い炎がめらめらと炸裂した。

目覚めたとき、男はまわりの様子に少なからず驚かされた。小屋だとばかり思っていたのは大きな樹木だったのだ。さては妻とのことも空しい夢にすぎなかったかとふと手のひらに目をやると、麗しい玉が吸い付くようにおさまっていた。ああ、有り難や。あれは夢ではなかったのだ・・・男は愛しくてたまらないというように、妻の化身である玉を愛撫した。そして、しっかりと懐にしまい込んだ。うつむきかげんの男の肩に、なにかがポトリと落ちかかり、草の上をコロコロところがっていった・・・。

「なんともはや、大きな樹であったとは・・小屋のなかで寝たつもりが、巨木の陰であったか」

「老師様、お目覚めですか。わたしもびっくりしていたところです」

「まあ、よい。夜露をしのげただけよかった。たいそうなうなされようだったが、大事なかったか?」

「ぐっすりお休みとお見受けしましたが、お気づきでしたか・・」

「いやなに、眠ってはおったが、なにやら気配を感じたというだけのことよ」

「亡き人の夢にうなされたようです。ですが、かえってスッキリしました。いまは晴れやかな気分です」

「無明の闇をぬけられたようじゃな。よかった、よかった」

「これからはしっかり老師様をお守りし、修行にはげむ覚悟です」

「うむ、それは心強い。よろしくたのみますぞ」

「老師様、ごらんください。木の実が落ちています。それだけなら不思議でもなんでもないのですが、果物も落ちているのです」

二人は、頭上に茂る樹木を子細にながめやった。よく見ると、別々の種類の樹が合体してひとつの樹になっているのだった。

「連理の樹とは、不思議なものじゃ」

「本当に・・・それで、木の実と果物の両方がなっているのですね」

残りわずかとなった粗末な携行食とともに、有り難いさずかりもので二人は朝食をしためた。木の実は、かりかりして香ばしかった。果物はこぶりの蜜柑に似て甘く、水分補給になった。感謝の祈りをささげた後、二人は樹の下から出て野中の細道を歩きだした。


「老師さま、どんどん行きましょう」

「張り切っておるな」

「いまでは、すこしでも早く御山へ到着したい気持ちでいっぱいです」

「まるで人が変わったようじゃの。うらやましい・・。あんな美人のためとあっては張り切るのも無理はないが、そう焦ってもしかたあるまい。御山はまだまだ遠くじゃが、一歩一歩すすむのが修行というものじゃ・・・ハ～ア～・・フ～」

「もうお疲れなのですか」

「そうではない。さっきの授かり物は、実に有り難かった。だがな、あれはおやつのようなもの。このところ食事らしい食事にありついていない。そろそろまごうかたなき御馳走にあずかりたいものよ」

「ご老師、意外に食いしん坊ですね・・」

「わしのような老いぼれには、それぐらいしか楽しみがないのじゃよ」

「ご老師、なにやらからみますね。人家のあるところに出たら、きっとなんとかなるでしょう・・・それまでの辛抱です」

「そうじゃな・・・腹ぺこもまた楽し、か・・・待ち遠しいわい」

昨日までとはうって変わって、たわいない会話をかわしながら、明るい気分で歩きつづける老若二人であった。

目覚めよ　神指城《こうざし》

　どうも近ごろ、なにやら騒がしい。ざわざわと不穏な気配がする。これまでもここいらで剣術の稽古にはげむものたちはいた。そこからただよう清澄な気迫。おもわず、がんばれよと声をかけたくなったものだ。だがこれは、あきらかにちがう。なにか不穏なものがひたひたと押し寄せてくるようだ・・・。これではおちおち安眠できない。剣呑な感じがする。いやな胸騒ぎがする。おもえば、おれはずっと惰眠をむさぼってきた。だがいまはこうしてはいられない、居ても立ってもいられない気分だ。

　おれは、もう二百六十年もこうしてたたずんでいる。横たわりっぱなしだ。その当時、ここの領主は、西方の有力者と敵対していた。ここへ攻めてきそうだというので防衛のために急遽、城がつくられた。それが、このおれだ。だが、ほぼできあがったときに雲行きがかわった。はるか西のほうで戦争が勃発したのだ。幸いというべきか何というべきか・・こちらに攻めてくることはなくなった。はっきりいえば、拍子ぬけだ。おれとしては複雑な気持ちだ。おかげで、おれはそのまま打ち捨てられることになった。おっと、だれかやってきた。さむらいが二人か。

「ここは神指の城跡。わしは時折ここで武術の鍛練に励んだものだ。よいかな、ここは防衛の重要拠点なのだ。二百数十年前、西から攻めてくるのに備えてつくられた出城。四カ月で延べ十二万人も投入したそうだ。二の丸までできていた。いまは荒れ放題とはいえ、要塞としての機能はそなえておる。ここは使える。心にとどめおかれよ」

「なるほど。承知した」

「大川にも近い」

「いざとなれば船も使えるということですか」


ほお〜ぉ、おれもまんざら忘れさられたわけではないらしい。武術の鍛練とかいっていたな。そうか、ここいらで走りながら棒をふりまわしておったやつか。どうやら近々戦でもあるらしい。これはひょっとすると、おれの出番もあるかもしれん。なんといってもおれは人間につくられた人工物。どうしても人に似た心性がやどってしまうのだ。かくいうおれも無用の長物に徹するにはちと人間的すぎる。おのれの存在意義はなんなのか？　すこしは役立ちたいとおもってしまう性《さが》を免れないのだ。

「どうだ、このあたりは西軍を迎え撃つには格好の場所だろう。石垣もあれば、土塁もある。おまけに食料の調達にも都合がいい」

「そのようだな。いつやつらはやって来るでしょうか」

「そう時間はあるまい。さあ、準備しておこうぞ。あのお堂の床下に食料、武器を隠すとしようじゃないか」


やってるな。こいつらはこっち側のさむらいたちだな。ここに駐屯しようとはお目が高い。感心、感心。もうすぐ攻めてくるんだ。おれもがらにもなく気持ちがたかぶってくるようだ。なんといっても初めてのことだ。腕が鳴るぞ。

う〜む・・・なにやら剣呑な気配だ。クン、クン、クンクン。ネズミが入りこんでるぞ。大丈夫か？　ああ、じれったくなる。敵兵がまぎれこんできた。あっ、後ろから忍び寄って仕留めたな。うまいもんだ。さすがに都でおそれられた猛者だけのことはある。よし、よし。がんばってくれよ。ああ、おれも血がさわぐなあ。さわがしい感じからして、大きな戦闘があるかもしれんな。ほどなく・・・。

いまは草木も眠る丑三つ時。ああ、さすがに静かだなあ。うん？　むくむくと白い靄《もや》がかかってきた。霧だ、霧がでてきたな。草木もぬれている。ふあああ〜、さすがにおれもねむい・・・。

ハックション！　ぶるっ。さぶっ。夜が明けたのか？　霧で真っ白だが、あかるくなってる。だが、まだまだ寝ていたい気分だ。・・・なにっ、この音は・・。ずかずかと侵入してきやがったな。

「大変だ！　みんな起きろ。敵の急襲だ」

「とうとう来やがったか」

「それにしてもひどい霧だ」

「もたもたしちゃおれん」

「多勢に無勢か。いちかばちか切り抜けるしかない」

大勢の敵兵が攻め寄せてきた。こちらより十倍以上はいる。なんとかならないものか。うちまかすのは無理でもせめて逃げのびてもらいたい。ああじれったいな。おれもすっかり興奮してくる。

「霧でよく見えんな」
カキ～ン　バシッ
ぎゃあ～
グサッ　うわあああ
バタバタバタ
シュッ！
ぎゃあああ～
バタバタバタ
カキ～ン　ガシッ
ぎょえ～
ドドーッ

はあはあ

バタバタバタバタ

だれでごんすか？　おれの脚をひっぱっちょるのは。おまえか？

なにいうか、おまえこそおれのあしをはらっちゃいけん。

とんだいいがかりでごんす。

あっ、痛！　おまえ、またなんばしちょるか。

なんだ、このアホ！　わしはなんもしちょらん。

こんちきしょう！　おれだってなんもしちょらんよ。

こらこら、おまえら。なにやっちょる。

どうも剣呑でごんす。なにかいるんとちがうでごんすか。化け物とか・・。

なにいっちょるか、気のせいや。霧のせいでよく見えんからやろ。

いや、たしかに妙にゾクゾクするでごんす。

まったくもう、弱気の虫にとりつかれおって。しっかりせんかい！　うん？　おれもゾクッときやがった。こんなとこさっさと通り抜けよう。ここに長居は無用じゃ。

さっさと通り抜けるでごんす・・でゴンス。

みんな一目散に突っ走るべし。チェスト！　ドストコイ！

うおおおお・・・。ドタドタドタドオ〜・・・。

「ああ、有り難や。どうにかこうにか川についた。さて、準備しといた小船はどこだ」

「お〜い、待ってくれ」

「おお、おぬしも無事だったか。ささ、早く乗れ」

「ああ、助かった。あぶないとこだった」

「それにしても不思議なおもいがする。霧のなかで、切っては走り切っては走りしたが、どっちへ向かえばいいやらもう盲滅法だった。そのとき、こっちだ、こっちだという声がしたような気がした。目の錯覚なのか、手招きされたような気もした。あれはなんだったのか・・・」

「おぬしもか。拙者など引っぱられたような気がした。それこそ、見えない手におしだされたような心地がした」

「人間業とは思えない。観音様のおみちびきか、それとも・・・。神指の城跡。なにやら不可思議なところだった」

「ほんとに命拾いした。なんにしろ有り難いことだ」

「まだ助かった者がいるかもしれんな。これからは川向こうで、もうひとあばれ、ふたあばれしようじゃないか」


やっとしずかになった。迷惑千万な軍隊も潮がひくようにいなくなった。負け戦だったのは口惜しいが平穏がもどったのはよかった。たしかに負けたのはかえすがえすも口惜しいが、ああも多勢に無勢ではいたしかたない。あんな寄せ集めの烏合の衆に、あれ以上こいらを荒らされてたまるか。終わっただけでもよかった。

正直に言おう。おれは長年すこし物足りない日々をおくっていた。せっかく砦として築かれながら、一度も使われることなしに打ち捨てられたのは心残りだった。しかし、この戦におれもおよばずながら参戦したことを誇りにおもう。おれはおれなりに味方にさりげなく加勢し、敵の大群の足を引っぱってやった。アハハハハ、愉快、ゆかい！　日頃のうっぷんがはれた。これでもうおれも気がすんだ。思い残すことはない。

いまのこの平和。まえは退屈におもえた長閑さが、いまはとてつもなく貴重におもえる。あの戦いを経たいまだからこそ、おれも心から平和がいちばんだとおもえる。これでこころおきなく眠れる。さあ、ねむるぞ〜。惰眠をむさぼってやるぞ・・・ズズ〜・・。

時は移ろい、あれからはや百数十年。お堂のかたわらに立てられている石碑。そこには、ここであったあの戦のことが刻まれている。

もう一人の王、あるいは影武者

男は西の彼方からやって来た。

凍える寒さ。炎熱地獄。現地人とのいつ果てるとも知れない戦い。男は瀕死にちかい重傷を負う。男は長いあいだ床についている。最初は瀕死の状態で。その後徐々に快方へと向かったが、自分が誰かもわからないような状態がだらだらとつづく。

炎熱地獄。凍える寒さ。熱にうかされながら男はながい夢をみる。

有能な父。父の後をついだ男は遠征を開始する。グラニコス川の戦い、イッソスの戦い。小アジアでの戦いに勝利をおさめた男は、ティグリス川上流のガウガメラの戦いにも勝利し、ついにペルシアの王となる。もし父王であったなら、そこでやめたであろう。所期の目的は達成されたのだ。だが生来の冒険者たる男は引き返さなかった。さらに東へ東へと進路をとる。

土着民との戦いにつぐ戦い。戦いは、土着民のゲリラ戦の様相をおびてくる。勝ち負けもさだかではなく、とめどもない状態が延々とつづいていく。

凍える寒さ。炎熱地獄。山岳地帯。焼けつく砂漠。砂漠のオアシス。美しい乙女。つかのまの春。だが男は行くことをやめない。東へ東へと大河を目指して。艱難辛苦の末にインダス川に達する。だが男にはまだまだ十分ではない。もう一つの大河を目指すのだ。

男のつれてきた軍隊は倦み疲れている。もうこれ以上進めない、はやく故郷へ帰ろう。そんななかまたしても戦いがおこり、男は重傷を負う。王は瀕死の重傷をおった。王は死んだ。先頭にたって戦う勇敢な王ではあったが、おれたちをあまりに遠くまでつれてきすぎた。これでおれたちは帰れる。

凍える寒さ。炎熱地獄。男にはもう何もわからない。自分がだれかもわからない状態がながながとつづく。

気づいてみれば男は、白い衣をまとった僧侶らしき一団に同行している。あいかわらず昔のことははっきりしないが、男にはさほど苦にならない。こうして旅していけるのは性分に合っている。昨日は大河をわたった。もうひとつの大河も遠からず目にすることだろう。

一団をひきいる賢者は言う。

「ほれ、数年前に会った、西からきたという軍隊がおったじゃろ。王がおった、イスケンデルとかいう。自分は世界の王とかいっとったが、王国は瓦解したそうじゃ。本人は何年も前にバビロンで死んだ。毒殺という噂もあるが、なんのことはない、マラリアじゃったという。あんなにあわただしくしておったからのう。消えるのもはやいもんじゃ」

突然、男は自分のことを思い出す。目の前に大河がひろがっている。あれほど見たいとおもったもうひとつの大河に自分は到達したのだ。もうすぐその大河に足を踏み入れるだろう。王としての自分は死んだが、冒険者として生き残った運命をかみしめる。男のからだのなかで冒険者の血がざわめく。胸が高鳴り、血管のなかで血がざわっと騒いだ。血わき肉おどる・・。

だが、ひょっとすると自分は、自分を思い出したという夢、あらたな流れに達したという夢、夢をみている夢をみているだけなのかもしれない・・。

狂える犬

まだ若い時分、わたしは青黒い海のそばからエメラルド色の海のそばへとやってきた、頭陀袋ひとつひっさげて。その理由について、人はあれこれ詮索する。わたしは役人をやっていたが贋金をつくったか使ったとかを疑われて追放された、というのが大方の噂のようだ。

わたしについて言われていることのほとんどは、まったくのたわごとでもデタラメでもないが、奇をてらいすぎの感がなくもない。あれではまるでわたしは道化師みたいではないか？　実のところ、わたしはまごうかたなき真っ当な人間なのだ。いや、真っ正直な犬というべきか・・。犬といっても権力の犬ではない。うさん臭い威張りんぼうに向かってわたしは吠え、追い立て、噛み付く。まっとうな人間に対してだけ時々尻尾をふることもあるが、長いものにまかれるつもりはわたしにはさらさらない。

より平たくいえば、ものをめぐんでくれる人たちには尾をふり、めぐんでくれない人たちには吠えたて、悪者どもには咬みつく。

わたしは、青黒い海辺の故国から追放されたことになっているが、あんなところこっちからおっぽってやったのだ。おもえば、いまここにいるのも神様の思し召しなのだろう。彼の地で、わたしはある企てをなすべきや否や、神殿に神託を伺いに行った。

◇世界に流通せしものを変えることを汝に許す◇

それがアポロンからの御告げだった。わたしは、世界に流通するものを貨幣と思い込んだ。そしてそれにとびついた。なぜなら、その企てとは貨幣の改鋳だったからだ。もっと有り体にいえば、貨幣の改悪。わたしは下っ端役人に過ぎなかったが、蜥蜴《とかげ》の尻尾切りにあうまえにおん出てきたのだ。そう、犬の鋭い嗅覚で、あぶないとみるとさっさとズラカッタのだ。なんのあてもなかったが、そもそも役人なんぞになんの未練もない。まるでわたしの性に合わんのだ。悲しむどころかその反対、まったき自由を感じた。ズダ袋に一切合切つめこんで、野山を徒《かち》で、時には船で海をわたった。そしてここ、合切袋の王国へやって来たのだ。

ここでわたしは、わたしにぴったりの生業を造作もなくみつけた。それは、物乞い。それも哲学する物乞いだ。哲学するにもいろいろある。「学園」？　学者先生？　けっ！　学識ぶったり気取ったりするのはオレの性に合わん。犬らしくうろつきまわったあげく、一番あいそうな場所にぶち当たった。

《狂犬たちのたまり場　☆犬以外お断り》

なに〜い、これこそ俺様にピッタリではないか！　それでわたしは、ここにお仲間入りさせてもらうことにきめた。弟子はとらないという言葉にもめげず、しつこく食い下がった。棒でなぐられそうになったが、自分を撃退するにたるほど堅い木はないとうそぶいてやった。実はひもじさと疲れで動けなかっただけのことだが、ともあれわたしの不動心に根負けして入門を許してくれた。

金のないわたしは大瓶に住まい、少しの食料ですます鼠をみならい、コップなしに手で水をすくい飲む子どもにまなぶ。たいがいのものはなしにすませるのだ。広場に住んで、広場で食事し、手淫に耽ることすらある。お金もかからず、こすってるだけでいい気持ちになれるとは、なんと安上がりで素敵なことか！　この伝で、ひもじさも解消できるならいいのだが・・。恥知らずだと人に嘲られようが、そんなの気にしない！　なんといってもわたしは犬なのだ。人間ぶってはいるがより恥知らずな連中に、わたしを恥知らず呼ばわりする資格はない。

わたしはこの地で物乞い同然ながらも泰然自若にすごしていたが、こんなわたしでも心にひっかかってしかたないことがあった。犬も歩けば棒にあたるというではないか、そこでわたしは心当たりをほっつき歩いてみることにした。頭陀袋をかついでエッチラオッチラ。野越え町越え山越えて、やって来た。

世界の臍、オンパロス。ここそ、アポロンの預言の総本山。今度はどんなお言葉にあずかることか、ぞくぞくしながら待った。

◆世界に流通せしものを変えることを汝にゆるす◆

なんと前と同じではないか・・・わたしは、はたと考えこんだ。アポロンは、わたしをからかっているのか？　それともわたしの解釈に間違いがあるのか？　世界に流通するものとは一体なんだろう？　貨幣じゃなければなんだというのだ？《ポリティコン・ノミスマ》・・・制度慣習なのか？

　わたしはアポロンの神託を胸に、日々をわたっていった。世界に流通するもの、その真の解釈を探求しつつ。頭陀袋の王国で、従来の慣習にとらわれず、自由人として生きる。世界の市民―コスモポリタンとして生きる。堅苦しい人間に狂っているといわれようが、そんなのどこ吹く風。ただ、まっとうな犬として生きる。わたしの犬的言動は人々の注目をあつめ、いっぱしの名物犬として有名になる。時折、物好きな人々がワシを見物にやってくる。

　ある日、わたしが気持ちよく日向ぼっこにふけって居眠りしていると、突如として日が陰った。なんだと思って目をひらくと、不遜な顔つきの若造がわたしを見下ろしていた。その若造、「余は大王だ」とぬかしたので、わたしはすかさず「わしは犬だ！」と返してやった。「なにか望みはないか？」と言うから「日向ぼっこの邪魔だ。ちょこっとどいてくれ」と言ってやった。その若造、わたしに感心した様子で、「余が余でなければ、犬でありたい」とか言っておった。なんでも有名な大王なんだそうじゃった・・・知らなかったがのう。

とかくにワシの言動の珍奇さがとりざたされるが、それは従来の慣習から見ればのこと。自然本来のまっとうな生き方を追求するまっとうさをわたしはしばしば証明したものだ。船旅の途中、海賊に捕まり奴隷に売られた時も、このワシは堂々とした態度で難局を切り抜けてみせた。実はここでは哲学犬は珍重されていて、良家の家庭教師として高値がついたのだ。

ほかに何ももっていなかったが、どんな運命に対しても心構えができているわたしは、すこしもあわてず沈着冷静に対処した、ウオッホン。おまえになにができるかと問われたから「ひとを支配することだ」と答えてやった。そうしてすかさず、身なりのいい男をみつけて「あの紫の衣の男にわたしを売ってくれ」と逆指名した。こうしてわたしは、この男の息子たちに教育を施すことになった。ついでといってはなんだが、家事全般を取り仕切ってやった。それぐらいのこと、このわたしにとって造作もないことだ、ハッ。

奴隷とはいえ哲学の犬であるワシは、主人の息子たちの教育係としてきわめてまっとうな教育をほどこしてやった。返す刀で、良家の執事役も立派に果たしたので、主人をおおいに感嘆させた。こうして身分的には奴隷だが、逆に主人を征服したというわけだ。

知り合いの男が身代金をだして買い戻してやろうかと言ったときも即座に断り、「ライオンはたとえ飼われていても王者であることにかわりはない」と嘯《うそぶ》いてやったが、実はこの方が楽なのだ。さすがのわたしも寄る年波には勝てず、だれかれなくチンチンし愛嬌をふりまいては食べ物をねだるのにも疲れてしまった。大多数の人間はわたしの言葉の魔術にひっかかり、笑いながら分けてくれたとはいうものの。それに主人はわたしにたいそう感謝してくれて、外でもおおいに宣伝してくれた。おかげで、弟子までふえてしまったという次第。ようやく落ち着き場所をみつけたということだ。

弟子についても少々いっておこう。わたしの言動に感じ入って哲学をやることになった男がいたが、その男の兄が父親にたのまれて弟を呼び戻すべくやって来た。ところがその兄のほうもわたしに感化されて、哲学をやるべく居着いてしまった。とうとう父親が息子たちを連れ戻すためにやって来たが、これまた哲学をやることになってしまった。わたしとしてはとくに勧めているつもりもないのだが、詭弁三段論法にコロッとやられてしまったらしい。わたしはといえば、「きみは、よく生きようとしている。よく生きるとは、哲学することだ。ゆえに、きみは哲学をしようとしている」てな具合。こんなのにひっかかってもらっても仕方ないのだが・・・いやはや、徳とはおそろしいものだワン。

そう、そう、あの男もおったな。金貸しの下で働かされていたが、わたしのことをきいて哲学の道に憧れてしまった。お金を蹴散らし、狂人のふりをして逃げ出してきたのだ。弟子とはいうものの、この男はすごい。なにがすごいって、口をきかなかった。減らず口は一切たたかず、黙々と哲学に励んだ。さほどおしゃべりなわけではないわたしも、さすがにこれには負けた。

わたしの最期については、あれこれ取り沙汰されている。やれ犬に噛みつかれた傷がもとで死んだとか、もうこれまでと自ら息をつめて死んだとか・・・。端的にいって、老衰で亡くなったとみるのが妥当だろう。事実わたしはかなりの高齢に達していた。長寿をまっとうして、安らかにわたしは昇天していった。

ゆかい、ユカイ、愉快ではないか！　わたしの葬儀を誰が主催するかで争いになったりするとは。わたしには弟子も多少はいるし、そのなかには葬式をだせるぐらいの金持ちすらいる。故郷をおん出て来たときには思いもよらぬことだった。これもアポロンのおぼしめしということか・・・。追放され、ここへ来ることがなければ、哲学をやることもなかった。解釈のしそこないも含めて、神の預言に導かれたというしかあるまい・・。

ややっ、おまえは？

そうか、大王とか名のっていたあの若造か・・・。

なんでおまえがこんなところにいるのだ？

なに？　もう冥府行きなのか、ちと短いのう・・無茶しておったから当たり前〜か。

なになに、弟子になりたい？

よし、こってりしぼってやろう。言っておくが、日向ぼっこの邪魔だけはせんでくれよ。

よしよし、それならよろしい！

隣にすわって日向ぼっこするのは、もちろんよろしい。

背教者とよばれた男の数奇なる物語

その一　夭逝伝説

若者の目は異様に澄んでいた。その目にはしばしば、見えないはずのものまで見えていた。透きとおった目をしたこの若者は、神々に愛されていた。しかし、神々にさえも、男の若死にという宿命を変えることはできなかった。男は自分の命にも無頓着だったので、しばしば無謀とも命知らずとも見えたが、それはただひたすら神々を信じたがためだった。神々の導くままにアキレウスの運命をわれしらず辿ることになった。

若者は、帝国の新しい首都、東と西の交わる地点で生をうけた。皇帝につらなる名門という高貴な血筋に生まれついたが、幼くして母を、そして父を亡くして以来、その人生行路は、東へ西へと右往左往させられた。それは主に暴君皇帝のさしがねによった。母は病没だったが、皇帝の異母弟である父は、皇帝による血族粛清の陰謀によって暗殺されたのだった。腹違いの兄ともども幼児ゆえに殺害だけは免れたが、若者はその後も、殺戮の網の目を奇跡的にのがれていく。

いま東方への馬上にあって、若者はおのれの来し方をふりかえってみる。

幼少のゆえに見逃され、まずは首都近郊に住む祖母のもとで養育された。その間も監視の目は常にあったが、十歳をすぎたころからは東の僻地にある皇帝領、カッパドキアの台地へ移され、事実上の軟禁状態に囲いこまれて、数年を過ごした。ここでは異母兄と一緒に奴隷の仕事を手伝わされた。皇帝が新興宗教を保護するようになっていたので、その教典を読むことはしいられていた。だがこのような状態にあっても、幼少期には伝統的な古典や神話をならいおぼえ、少年期には哲学、古典のさらなる勉学にはげむようになった。

思えばあの時分から、新興宗教の教典など、さっぱりぴんと来なかった。そのかわり、古典に関してはとても興味がわいて、もっともっと学びたかった。神話は大好きで、神様たちとは友達みたいなものだった。日の神ヘリオスはおとうさん、女神アテナはおかあさん・・。そう、女神アテナは、つねに慈しんでくれる守護神となってくれた。目に見えない天使たちをつかわして、たえず身をまもってくれる・・。囲い地とはいっても広大で自然にめぐまれていたので、兄とも遊びまわったが、夢うつつのうちに神様たちや精霊たちと戯れて過ごしたものだった。

数年後、ふたりは首都に呼び戻された。この頃にはすでに伯父は亡くなり、従兄弟が皇帝になっていた。兄はそのまま宮廷にとめおかれたが、弟には学問をする自由が認められた。若者は、首都での勉学をかわきりに、近郊学都へ留学した。そこで最新の神秘思想と出会うことになった。その後も著名な哲学者たちを訪ねては、その教えを受けつづけた。兄のほうはすでに副帝として登用され、東方州都へと派遣されていた。

わたしは、この新しい哲学に魂をゆすぶられた心地がしたものだ。古代の神々のお話は楽しくはあったが宗教としてはあまりにたわいなかった。しかし、これはちがう、わたしはもう夢中になった。これに比べれば、新興宗教などなんの深みもない。なんで新興宗教が重きをおかれるのか、まったく疑問だ、ちゃんちゃらおかしい。もし神と呼べるものがあるならば、この『一者』こそが神にふさわしい。太陽のようにあまねく万象を統べる・・。

皇帝たちにすすめられて新興宗教の教典を読まされはしたが、わたしは信者であったわけではない。子どものときから古代の神々や伝統的な哲学に親しみを感じていた。そして最新思想と出会って、その信徒となることを自らえらびとったのだ。いわば表返っただけのこと。新興宗教と意識的におさらばしたからといって、背教だの回心だの言われる筋合いはない。背教者呼ばわりされるのは、まったく笑止千万だ！

ちょうどこの頃だろうか、とある神殿で神託をさずかった。

◆西へ行きて運が開けるも　東へ行くほど困難さがまし　ついには命運尽きるべし◆

その時はさほど気にもとめなかったが、今にしておもえば当たっているような気がしないでもない。あのいまいましい東方州都での嫌な出来事の数々はどうだ・・。

その後ほどなくして、東方州都に副帝として赴任していた兄は、その凶暴さと不徳のゆえ、失政の責任をとらされ、皇帝に処刑された。若者は皇帝に反抗の嫌疑をかけられ、予断をゆるさぬ状況のなか、西方副都の宮廷へ呼び出しをくった。またしても、監視のもとにおかれる日々。

だがここで、思いがけない幸運の女神があらわれ、救いの手をさしのべてくれた。皇帝の后がどういうわけか、若者を擁護してくれた。后妃の口添えでやがて嫌疑も晴れ、数カ月後には解放された。若者にはなんら叛意はなく、たんに学問好きなだけだ、と進言してくれたのだ。それならと、若者の学都アテナイへの留学が認められることになった。

　事実上のアテナイへの追放と人はいうが、自分にとっては願ってもないことだった。あの方のおかげで、ほんとうに助かった。年齢からいったら姉ぐらいのところだが、母の面影をほとんど知らない自分にとって母のような方だった。美しく優しく賢く・・話にきかされている母はこんな人だったのだろう。それになぜか、女神アテナのようでもあった。なんの後ろ盾もない自分をやさしく庇護してくれる。もっとも、すこし困ったところがあるにはあったが・・・。

　それはともかく、憧れの学問の都アテナイへの留学。アカデミア学園での、まさに夢のような日々。多くの学徒たちと交わった。できることなら、あの素晴らしい日々がず～っとつづいてほしかった・・・。

　ほどなくして、またしても皇帝から宮廷へと呼び戻される。今度は、西の辺境地帯へ行けという。この帝国は東方とおなじく、西方でも辺境地帯で問題をかかえていた。武力侵略によって領土を拡張してきたのだが、領地をめぐる異民族との紛争がしばしば起こった。一族の最後の生き残りである若者を、片腕としてつかったほうが得策ということになったのだ。現皇帝の従兄弟にあたる若者は、副帝に登用され、西の辺境地帯へ派遣されることになる。同じころ、皇帝の妹と結婚させられた。政略結婚とはいえ夫婦仲はまあまあで、妻は子どもを身ごもることになった。

とくにこの頃、あの方にはちょっと困らされたものだ・・・。自分に子どもがいないせいなのか、ある種の嫉妬なのか・・。小姑をとおりこして姑みたいに口出しした。おかげで妻ともぎくしゃくするようになり、あげくのはてには子どもも流産してしまった。女の人というのはなかなか面倒なものだと思い知らされた。おかしなもので、わたしが西方にいるうちに相次いで亡くなり、いまはもう二人ともこの世にいない。

寒冷の地、西の辺境へと戦をしにゆくのには、最初はとまどいを感じた。しかし、よくよく考えてみるに、自分は学問を好むのとおなじく、昔日はるか東方へと大遠征を敢行した大王に強烈な憧れを抱いていた。これもなにかの定めなのか。こうなったからには、死力を尽くそうと心にきめた。

戦いにつぐ戦い。おおかたの予想に反して、それまで戦闘の経験がなかったにもかかわらず、若者がひきいる軍隊は、連戦連勝をおさめる。大河をわたり、異民族との紛争を勝ち抜いて、西方辺境地帯の安定をとりもどすことができた。

西方での軍隊生活はおもいのほか性に合った。粗衣粗食はむしろ心地よかった。将軍たちと力をあわせて作戦を練るのも面白いものだ。指揮をとるのにもどんどん慣れて、兵士たちとの絆も深まって一体感を感じるようになった。西の素朴さ、飾り気のなさが自分にとってはずっと好ましい。それにくらべ、東のけばけばしさはどうだ。その最たるものが、あのいまいましい東方州都だ。東は西を文明にとり残されたとか野蛮とかいうが、自分は西のほうがずっと落ち着く。

ところがまたしても皇帝から難題がもちこまれる。西にいる軍隊の半数ちかくを東方への援軍にさしむけろというのだ。要するに、軍団を解体させようと帝がひそかにたくらんでいたのだ。西にいる兵士の大部分が地元の出身者だったため、これに兵士たちは激しく反発し、皇帝への怒りが爆発した。

兵士たちに同情しつつも皇帝にはさからえず、若者はやむなく兵士たちを、そのころはまだ小村にすぎなかったルテティア（後代のパリ）に集結した。だがそこで、兵士たちは副帝である若者を正帝に即位させるべしと騒然となった。若者をとり囲み、歓呼の声をあげて自分たちの皇帝として推戴した。こうして軍隊が東方へ向かうことはなくなった。

そういえば、不思議なことがあったのを忘れることができない。実は、この前夜ある幻影を見たのだ。黒いマントをまとった人物が、わたしの寝所にあらわれた。そして、自分は帝国の番人、これは帝国の鍵だ、これをおまえに託す、おまえが正帝になれ、と言った。ハッとして目をしばたたくと、その姿はかき消えた・・。

わたしには皇帝になろうなどという気持ちはさらさらなかった。しかし、ここを離れたくないみなの気持ちは痛いほどわかった。みんなに助けられてここまでやってこれた。みんなの気持ちにこたえることが自分の義務だと感じた。皇帝に歯向かうことになるが、事ここにいたってはそれもやむをえまい。そう覚悟をきめたのだ。だから、実際に皇帝と戦わざるをえなくなったときにも怯むことはなかった。皇帝との対決にむけすみやかに東へと進軍した。だが一体どういう摩訶不思議な風が吹いたのか、あとわずかで首都というところで西へむかっていた皇帝の訃報をうけとった。これにはびっくり仰天させられたが、わたしも機を逸したくはなかった。

若者は、ただ一人の皇帝として首都に入城した。残された血縁の男子として、すみやかに先帝の葬儀をとりおこない、ふかい哀悼の意をささげた。東の軍隊を掌握するためにも正統な後継者であることをしめす必要性があったからだ。嘘か真か、先帝は死のまえに若者を後継者に指名していたという噂が流れた・・。

こうして拍子抜けするかたちで、戦わずして皇帝になったわけだが、自分としてはとりたてて皇帝になりたかったわけではない。しかしこうなってみると、いにしえの大哲学者が唱えた『哲人政治』を実践する機会が到来したのを意識せざるをえなかった。そう、皇帝のなかにも尊敬してやまない、哲人の先輩がいたではないか・・・。わたしのなかに政治への意欲がむくむくとわいてきた。

いまや東の大国に近づきつつある。大河ももうすぐだ。

わたしは、かつての伝統に回帰しようとした。肥大化した宮廷と官僚組織の規模を縮小し、元老院の権威を復興する。新興宗教ではなく、それ以前の伝統を中心とした世界。わたしが目指したのは、市民の皇帝。威張らず、豪奢からはなれ簡素で、市民と身近な、ちょうどあの先輩皇帝のような。だがあまり理解されなかったようだ・・・その最たる例があのいまいましい東方州都の市民たちだ。さんざコケにされた。あんなところもう二度と行くもんか。嫌なことばかりだった。

湿り気をおびた空気・・・二つの大河にはさまれた場所。ぬかるみのような湿地帯。

新興宗教をおさえようといろいろやったが、どれもうまくいかなかった。新教優遇策の廃止はもちろん、坊主どもの内輪もめを助長すべく、あれこれ知恵をしぼった。古典的な祭儀の整備に力をそそいだ。エルサレム神殿の再建も許可した。どれもこれも反発されて、かえって逆効果だったようだ。新教徒が古典を教えるのを禁じもした。こちらとしては当たり前でも、反感ばかりで、やつらの天敵とみなされている。そうだ、こっちは古典哲学教徒、唯一の一者を信奉するものの代表だ。まったくぬかるみのような戦いだが、ひるんではいられない。

それにしても、あの東方州都はひどかった。あそこは新興宗教の巣窟みたいなところ。背教者と嫌悪されるのは仕方ないが、それにしてもさんざ馬鹿にされた。風采のあがらない子どもじみた外見。小さくて毛深くて山猿みたいだあ？　そしてとりわけ、哲学者風の髭だとお！　童顔に髭？　なにをいうか、髭はこちとらの勲章だあ。皇帝にしては着てるものが質素すぎるだと？　おまえらこそ、そのケバケバしさはなんだ！　新興宗徒が多いはずが、ちっとも清貧じゃないぞ。頭にきたおかげて、諷刺文を一篇、物したのがせめてもの慰めだ・・・。それ以外もまるで気が滅入ることばかりだった。

ねっとりとまとわりつく湿気。

楽しみにしていたダプネの聖地。聖なる森にある神殿は荒れ放題。神域には新興宗教の聖人の墓などつくられている始末。ちょうど折悪しく旱魃《かんばつ》で、せっかく努力してかきあつめた食料は、強欲な商人に買い占められてしまった。

ずぶずぶめりこむような湿地帯。

墓はほかに移させ神殿をきれいに整備させたら、不審な出火で焼け落ちた。あげくの果てには、わたしの暗殺計画まで発覚とは。まったく、踏んだり蹴ったりではないか。まるであの預言どおりではないか・・・。

進攻・・・行く手の都市を陥落・占領・焼き打ち・・
またまた進攻・・・数々の都市を陥落・占領・焼き打ち・・
ユーフラテスに沿ってぐんぐん突き進む。
運河に到達。ユーフラテスからティグリスへわたる。
近づく、近づく。敵の都に接近す。城門に到達す。
城門の間近で勝利するも、突撃した将軍が深手を負い一気呵成の乱入をためらったため、城内の占領には至らず気勢をそがれた。

城門そばで軍神への供犠《くぎ》による占い、結果は大凶・・。

増援軍は到着しない。ここで合流できるものと期待していた別動隊は来なかった。首都の攻略占領は断念する。

密かな和議の申し入れをはねつける。まやかしの勝利などいらない。いにしえの大王も相手の和議申し入れを拒否し通したではないか。

そんなに戦いたいなら、ペルシア王の本隊をもとめて一戦すればよろしかろうだって？なるほどね。こんな川の辺りでぐずぐずするのは無用だ。あの大王にならって、直ちに奥地深くまで進撃していき、敵王を相手に一大決戦を挑もうじゃないか。

このような折も折、都合のよすぎる人物が突然近づいてくる。ペルシア貴族だというこの人物、手勢を率いて投降してきて、自分の冷遇や王の悪口などをさんざん調子よく述べ立てる。自分から人質になって手引きしたいと申し出てきた。側近の諌めるのも聞かず、すっかり真に受け信用してしまう。

奥地を目指すならもう不要と、せっかくここまで輸送してきた船団を焼却。余分と思われる食料も焼却。軽率といえば軽率、無謀にも不退転の決断をしてしまった。

敵の本隊を目指すはずが、川の東部一帯をうろうろうろつきまわったあげく時間を空費するばかり。おまけに乏しくなった食料も現地では手に入れられず、例の先導者はいつの間にか姿を消してしまった。残った手下の自白からこれがまったくの罠だったとわかったが、いまさら後の祭り。

なんて馬鹿なことをしてしまったんだ、自分自身に腹が立つ。戻ってやり直したいが、それはかなわない。こうなったら、目の前のことに全力をそそぐしかない。

東方征服の楽しい夢は幻と消え、自らの軽率な行動が招いた苦境からの脱出を図るしかなくなった。留まることを断念。撤退に移る。

撤退。撤退。川を目指しての撤退がはじまると、平原の彼方一面に黄色い土煙がまいあがる。騾馬《らば》の群れか、それとも友軍の来援でもあるか・・。進撃を止め、天幕を張りそこで一夜を明かす。

夜が明けてみれば、完全にペルシア兵に囲まれていた。それもすでに敵の大軍が迫っていた。後退を続けつつ、敵の猛襲に反撃を繰り返す。

夏の蒸し暑さ、行軍と戦闘とのたえまない反復に兵の士気は衰え果てる。おまけに乏しい食糧。全員餓死するか、それとも敵の刃に倒れるかという不安に苛まれる。

これほど抜け出し難い苦難のなかにあっても、皆が寝静まった深夜には、いつもどおり読書と思索に耽る若き皇帝だが、寝苦しさに寝ては覚めてを繰り返しては、胸苦しい不安に苛まれた。そんなある夜、まえにも見た覚えがあるような黒装束の人影が夢枕に現れ、鍵をもってかなしげに背をむける。遠ざかる、遠ざかる、帝国の番人。かき消える、かき消える、かき消える、まぼろし・・・。

ハッとして跳ね起き、天幕を出たとき、一筋の流星が光を放って大空をよぎり、たちまち闇に消えるのを見た。これこそ悪い予兆か・・。ただちに集めた占い師たちは口々に、帝は一切戦闘を停止すべしというのだった。

どうやら命運が尽きかけているということか・・。しかし、命あるかぎりは死力を尽くし、皇帝としての責務を果たさねばならない。

ともかくも、夜明けとともに丘陵地帯の行軍を開始する。丘陵中に潜んでいる敵兵、どこから攻撃してくるかわからない。戦いに練達した帝は、巧みに用心深く先陣を率いて進んでいく・・。

日が高くなるにつれ、耐え難い炎熱。若者は、胸当てもつけていない・・。

突如としてまいこむ、最後尾が襲撃されたという情報。兵のひとりから楯をひったくり、救援隊を率いシンガリの救出へと急げば、次は先陣部隊の危機がとびこむ。あっちこっちの防戦に追われ、戦列のあいだを馬を走らせ馳せまわる。危機といえばいつも先頭にたち、大声で励まし、手を高くかざして追撃戦を監督、激励した。

ぎらぎらした日差し。そして大地からの照り返し。息苦しい炎熱地獄。いまや戦場は敵味方の区別さえつかない乱戦状態。

帝のあまりの無防備ぶりに親衛兵たちが「危ないから気をつけてください」と叫んだ。なにか怒鳴ってるようだが、よく聞きとれない。なんだ?

敵の部隊から投げ槍と飛矢《とびや》が雨あられと降りそそいでくる。

うわあ、しまった。

飛んでくる投げ槍の一本、帝の腕をかすめ、肋骨を貫き横腹の奥深く突き刺さった。自ら槍を引き抜こうとしたときに、鋭い穂先で指先を切断、意識を失い落馬した・・。

死の床にあって、若者はおのれの死、そして霊魂の不滅について考える。

様々の預言や予兆が、自分の夭逝を暗示していた。志なかばでの若死に。だが、この地まで遠征してきての、戦場での死。これはある意味、神の恩寵ではあるまいか。わたしはこれまで清廉に生きてこれた。悪癖にそまることからも長病みの業苦からも免れることを、神はわたしに許したもうた。幸せにも哲学がわたしに教えてくれた。たとえ肉体は滅びようと霊魂は不滅だと。さあ、心穏やかに冥府へと赴こうではないか。

見開かれた若者の目。もはや地上のものはなにも見えない。天使たちが迎えにくるのが見える。アテナ女神の微笑み・・。若者は、自分の霊魂が天上へと昇ってゆくのを感じる・・。

いまや若者の魂は、肉体をあとにしつつあった。いまや、その魂は三途の川、冥府の流れをわたろうかというところまで来ていた。渡し守カローンのいる渡しは目前だった。みすぼらしい身なりの長い髭の老人、カローンに渡し賃を払わんばかりだった。

だがその時、もどれ、戻れ、おまえはまだ早すぎるという、あわてふためいた声がきこえてくる。ふっと目をやると、川向こうに亡霊のごとき姿がぼお〜っと浮かびあがる。若者が気づいたとわかってか、その焦ってわめき散らすような声は、強いが穏やかに教え諭すような調子に変わっていった。それは、若者のたましいに直接語りかけてくるようだった。

そこなお若いの、あわてなさんな。今ここでおまえが死んでも、坊主どもが喜ぶばかりじゃ。いいか、おまえさんはこっち側に来るにはまだ早すぎる。まだまだそっちでやってもらわにゃならん。わしか？　わしは物乞い同然の犬じゃ、大瓶に住んどったこともある老いぼれじゃ。わからんかの・・・まあ、わしのことはどうでもいい。となりにいるのは誰かわかるかの。おまえさんと同業だぞ。そう、そう、あの有名な哲人皇帝の先輩じゃ。ほれ、ほれ、しっかりひきとめてくだされや。なんといっても皇帝同士。

皇帝とはつらいものですね。辺境での蛮族相手の戦。一方では家庭内のごたごた。そちらでは、わたしも公私ともに苦労がたえなかった。尊敬してるって？　それは有り難い。こちらも君にはいつも感心していましたよ。ご苦労だが、もうしばらくそちらで一働きしてはもらえまいか。君だけが頼りなのですよ。早くそちらへ行きたい？　早くお会いしたい？　それは困りましたね・・・。

ええ〜い、そんな若造のくせに何言っとるか。百年早いわ。正確には、二、三十年かの・・・。おまえが帝位にあるのが長ければ長いほど、挽回の勝機は高くなるのじゃ。お前がこっちに来てしまうと、新興宗教がますますのさばるのだ。神にはこだわらんでいいがの、われらの哲学・芸術までが滅びてしまうのだ。偶然の、あるいは故意の焚書がおこる。われらの学問・知識が消滅してしまう。どうだ、少しはその気になってきたか？

あなたに学問・知識をまもってほしい。わたしたちのたっての願いです。あなたは、わたしたちの希望なのです。それをきいてはらわたが煮え繰り返るおもいだが、うまくやれるか自信がないって？　心配いりません！　わたしたちがついています。一緒に相談して策を練りましょう。

その通りじゃ。ちょくちょく邪魔して、教育的指導をさせてもらうよ。おまえは人間としては十分立派だが、皇帝としてはまだまだ未熟じゃ。これからそれを直さねばならん。ほら、あの、大王とか称しておった若造、あんなの目指しておっちゃ駄目だ。そっちのほう荒らしまわっておったがの。あのかたはどちらにだと？　こっちじゃわしの弟子じゃ。哲学の勉強しとるよ、あまり出来はよくない。おまえのほうが哲学の勉強はすすんでいるぐらいだ。

じゃ、あなたはあの犬儒派てつ・・・。

そう、その犬の哲学者じゃ。

もう時間がありません。もどると承知してください。急いで！

そうじゃ。いまはくっちゃべってる場合じゃない。おしゃべりはあと、あと！　さっさとひきかえすのじゃ。二つの道をわける分岐点へと。

なかば不承不承ながら夢見心地で、若者はハイと吐息をもらした・・・。

あっというまもなく、若者の時間は、巻き戻される。

その二　もう一つの世界へ

瀕死の状態を踏み迷う、悪夢の霧が晴れるや、若者は馬上にあった。いま若者とその軍隊は、東方へと向かう街道にあとわずかの山道をひた走っていた。行く手に分岐点。道は二股にわかれている。右手を上っていけば、東方へと続く街道に交わり、左手の道は曲線をえがいて先ほど後にしてきた城市のまた別の城門へと戻ってゆく。もちろん軍隊は東方へ行くために出てきたのであり、若者自身そうする意欲満々だった。かの大王と同じく東方へ進むのだ。

右手へと曲がろうとしたちょうどその刹那、分岐点がおおきく痙攣した。すさまじい爆発音？　轟音が鳴り響き、身をもちこたえるのも困難なほど大地が激しく揺れ動いた。右手の上り道は、みるみる亀裂が走り、張り裂け崩れおち、土砂のなかに埋まる。こうして、東方への道は消滅した。弧をえがいて城市へと戻る道だけがのこされた。さいわいにも軍隊への被害は軽微だった。若者と軍隊は城市へともどることを余儀なくされた。あそこへもどるのは不本意だったが、若者にとってほかに道はなかった。城市に着いてみると、被害は甚大だった。少なからぬ死傷者。毀たれた建造物。多くの被災者。ここの市民たちと不仲であるとはいえ、もともと民のことをおもう心にあふれた若者は、皇帝として応急の処置を早急にうっていく。もちろん東方遠征はとりやめ、和議をむすんだ。そして避難民の救済、街の復興に真摯にとりくんだ。このために軍隊が思った以上に役立つことになった。若者はここに一年ちかく滞在した。この間、若者は陣頭にたって救済、復興につとめたので、状況は徐々に好転していった。救済に宗教その他の差別などは一切しなかった。市民たちの皇帝を見る目も変わっていった。

そして、若者にとっても意外な喜びとなった、ある種の出会いがもたらされた。若者は以前ほど哲学者風を気取ることはなくなったが、それでも皇帝にしては簡素な格好のままだった。洗いざらしの貫頭衣。童顔に無精髭。城市のあちこちを見まわっては市民と気軽に接する、皇帝らしからぬ若者の姿が目撃された。人々は彼を、哲学かぶれの変人、とっちゃん坊や、ボッチャン帝とか揶揄はしたが、以前とちがいそこには親しみと感謝がこめられていた。とくに子どもたちにそれが著しかった。若者にとって意外な驚きだったが、若者は子どもたちになぜか好かれた。おそらく童顔と気さくな物腰が親近感をもたれたのだろう。少なからぬ子どもたちが震災で孤児となっていた。幼くして孤児になってしまったのは若者も同じこと。いきおい、若者も子どもたちを手厚く保護することになった。皇帝直属の孤児収容施設までつくられた。

若者は子どもたちの面倒をみるだけでなく、自ら教育をほどこした。子どもたちは古来からの英雄たちのお話を好んだので、古典教育にはうってつけだった。幼い子どもたちにはわくわくする楽しい神話を、年長者には哲学の初歩をおしえた。若者と子どもたちは大の仲良しになっていった。幼子はことに、男の髭にさわっては引っ張るなどする始末。「こらこら、髭で遊んじゃいけない」と叱りながらも、まんざらではなかった。子どものなかには皇帝を「とっちゃん」と呼ぶものまで現れて、男はくすぐったいような心持ちにさせられた。三十過ぎという年齢からいって、まだ死ぬには早すぎるが子どもをもつには十分な年輩だった。子どもたちは男をトッチャン帝と呼び、子どもたちは『皇帝の子どもたち』と呼ばれるようになった。

皇帝の滞在が一年に近づいた頃、さすがに首都を留守にしつづけるのは差し障りがあるということになった。この東方副都の復興が軌道にのり状況が落ち着いたこともあり、皇帝はここを離れ首都へもどることになった。この前とはうってかわって、市民たちは皇帝との別れをおしみつつ感謝の気持ちで一行を見送った。軍隊の一部はひきつづき復興にたずさわるべく残ることとなった。皇帝の子どもたちの大半、長旅にたえうる子どもたちは、皇帝とともに首都へ行くことになった。「皇帝の子獅子隊」と名付けられ、子どもたちは遠足気分ではしゃぎながら、首都めざして西へと旅立っていった。

首都でのとある一夜。男の寝室で開かれる、三者会談。

「なかなかよくやってるではないか。感心、感心。驚くほどの進歩じゃ」

「そう言っていただけると、照れくさくなります」

「わたしも上首尾だと感心していますよ。子どもまでたくさんできて実によろこばしいことです」

「おお、それ、それ。子どもたちは弟子にちょうどいい。これからが楽しみじゃ。わしも家庭教師としてならしたもんじゃ」

「ああ、はずかしや。わたしなどただ一人の息子の教育にすらしくじりました」

「ご苦労がおおかったですね、皇帝先輩は。どうか気に病まないでください」

「あれを感化できなかった我が身が情けない」

「相手がわるすぎたようじゃの。わりきることじゃ。どうせ種ちがいじゃろ。おまえの子ではない」

「うっ！　これはお師匠、言葉がすぎます。たとえそうだとしてもわたしにもっと徳があれば、感化できたはずです」

「いまさらどうしようもないことをまた愚図愚図と。やめんかい！　なんの話だったかわからなくなるではないか」

「子どもがたくさんいていいという話です・・・わたしにはひとりもいない」

「わたしを息子だと思ってください、もしよろしければ」

「これはありがたい。きみならまさに理想の息子ですよ」

「お父上とお呼びしたいぐらいです、もし失礼でなければ」

「それは・・・もちろん。きみがそう呼んでくれるならよろこんで・・」

「うおっほん。二人だけでもりあがりおって。ぼっちゃん帝よ、わしはどうじゃ？」

「お師匠は大《おお》師匠と呼ぶほかないでしょ。巨匠ですかね・・お師匠には弟子がごまんといるじゃないですか。息子も孫もとくに必要としないでしょ。不幸のほうで大師匠からは逃げていきますよ。いつもほがらかでうらやましいぐらいです」

「おお師匠か。まあ、いい。わしもこれで苦労はしてきたがの。故郷を追われ、物乞い生活にたたえ、奴隷に売られ」

「考えてみればたいしたお方です。恵まれていないのに、逆境を撥ね返して災いを福に変えてしまったのだから。いまあらためて大師匠の偉大さに感服します」

「うおっほん。もうそれぐらいでよい。もっと実のある話をしようじゃないか」

「大師匠、お父上、わたしは学校をつくりたいと思います、わたしの子どもたちのためにもここに。もっといえば、この首都を学芸の都にしたいのです」

「それはいいですね、素晴らしい考えです」

「なるほどの。いいことはいい。じゃがどういう方針かの？」

「方針？　といいますと」

「信教の自由、これはいいな。まえも一応そうじゃった。それと政教分離。政治と宗教はわけて考えよ。そして学びの門は万人に開かれておる。これが大きな方針じゃ」

「つまり、宗教に関係なく誰でもということですか？　しかし、それでいいのでしょうか。ますます新興宗教がつよまっているのに」

「宗教はなんでもいい。神のことは無視しろ。おまえがみんなに受けるようになったのは、宗教その他で差別しなくなったからじゃろうが。宗教にかかわらず、民のことを思いやって政治を行うことじゃ。学校もそういう方針でつくらにゃならん。おまえの神のおしつけはいかんよ」

「しっかし、わたしは子どもたちに伝統的な哲学、学問を学んでもらいたいのですが」

「なにも問題なかろう。古典的哲学・学問は人類共通の財産じゃ。だれにでも開かれておる。新興宗徒であっても古典的修辞学を学んでなにがわるい」

「う〜む、古代の神々を敬ってないのにですか？」

「神話の神様たちは、おとぎ話みたいなもんじゃろ。おまえの神だとて、それとはまた別じゃろう」

「それはそうですが、わたしの神は哲学からでてきた神です。絶対的な一者という」

「そう神にこだわるでない。神などほっとけじゃ。鰯の頭も信心からというからの。なにを信じようと自由じゃ」

「教育はおおいに結構ですが、子どもに対してもおしつけはいけませんね。反発が大きいです。あげくの果てには背かれる。このわたしがいい見本です」

「おまえだとて新興宗教をおしつけられたから、その反動が大きかったのじゃろう」

「子どもたちにもわたしの神をおしつけるなというのですか」

「その通りじゃ。知識を教えるのはいいが、自分の宗教は自分でえらばせるのがよい。それこそ信教の自由じゃ。神にこだわるな。宗教にこだわるな。こだわると負ける」

「う〜むむ。坊主を思い出して、なんか腹が立ってきますが」

「教えとしては、新興宗教のほうがわかりやすい。『悔い改めれば救われる』とな。じつに単純じゃ。学がなくてもわかるというものだ。そうじゃろう？」

「まあ、それはそうですが・・」

「それに実際問題として、医療活動とか慈善事業とかしてますからね。一般民衆にとっては有り難いですよ。実利的に助けになってる。それは参考にすべきです」

「そうですね、わたし自身、まえからそう思っていました」

「だいたい哲学とは理性によってものごとの道理を説き明かすのが本分じゃろ。神さまにすべて丸投げするのなど、宗教にまかせときゃいいのじゃ。ましてや狂信などもってのほかじゃ。狂信的に新興宗教と対立してつぶされることになるのじゃぞ、あの伝統あるアカデメイアも。そして哲学の伝統も死滅する。それをふせぐのが役目じゃ」

「う〜む、くやしい。しっかし、このわたしになにができるのやら・・・」

「戦うのではなく、いいところをこっちもとりいれて、結果的にやつらの力を無益にするのじゃ。無視、無視！　新教など無視じゃ」

「そういうものですかねえ・・・だまくらかされてる気分もしますが、まあいいです。冥府からひきもどされて以来、憑き物が落ちたように、わたしも神など気にならなくなってきました。わたしなどお二人のあやつり人形。どうせ拾ったいのち。こだわりなど捨てて、お勤めを果たすのみです」

「おまえもなかなか物分かりがよくなってきたようじゃ。けっこう、けっこう」

「ところで大師匠、お父上。大王先輩はどうしているのですか。気になります」

「ああ、あれか。勉学に励んどるよ。勝手に早呑み込みばかりしとるが、机に向かうのはあまりむかんようじゃ」

「大王は実地訓練がお好きとみえて、ちょっと退屈なさっているようですね。むしろ、戦争ごっこに興じておられる」

「ああ、そうなんですね。・・・大王らしい」

　こういった会合は適宜行われたが、同工異曲のクッチャベリなので、以後は省略。

そんなこんなで、帝は首都に学校を設立した。教育・研究機関の正式名称、「トッチャン帝立知恵の輪学園」。一般には「トッチャンの学校」とか、たんに「知恵の輪学園」と呼ばれることが多い。学園には、万巻の書物の収集をめざすとともにそれらの書写にめらめらと情熱をもやす図書館、珍奇な万物をかき集めるべく虎視眈々と目を光らせる博物館も併設されていた。そして、質素ではあるが、具沢山なスープとパンが供されるという、一般庶民には十分ありがたい給食つきだった。

もともとはトッチャンの子どもたちを教育するためだったが、学びたければ誰でもどうぞという精神から、学園は大いににぎわった。宗教はもちろん年齢制限もなかったので、一念発起したいい大人までが子どもにまじって勉学にいそしんだ。もちろん、食い物につられた輩もふくまれていたとはいえ、珍妙な話ではあるが、ある種の知恵熱が病のように流行したといっていいだろう。

東方州都にも住民のたっての要望で学園はつくられた。トッチャンの学校は、むしろここで熱狂的に受け入れられたといえる。もちろん、従来からの学都を手厚く保護することも怠らなかったので、学芸が異常なほどの隆盛をみることになった。

この間に、子獅子と呼ばれたトッチャンの子どもたちもすっかり成長して、若獅子と呼ばれるようになっていた。

帝と新興宗教聖職者との間はといえば、一昔前は激しく敵対していたものだが、いまでは互いにどうでもいい関係になっていた。以前は、信教の自由とはいっても表向きのことでその実、嫌みな画策をした帝だが、いまは文字どおりで表も裏もないように僧侶たちにもみえたから文句のつけようもなかった。

いっぱしの哲学徒だった若い皇帝は、さかんに新興宗教に反論する雑文など書き散らしていたものだが、いまではそれもなくなった。なんと今ではおとぎ話など書いているそうな。丸くなったのではなく、オツムがふやけてしまったのだろう。もうトッチャン帝など問題でなかろうよ。

なるほどトッチャン帝は、先人二人との交流をもとに、当たりや障りをはぶき大胆に脚色をほどこした空想物語の執筆に力を入れていた。それこそ、『冥府との交信―ウソのような本当の話―』。無知で単細胞な若者が、あの世とこの世をまたにかけて繰り広げる荒唐無稽な大冒険譚だった。仇敵を油断させたこの著作だが、若獅子周辺では、預言の書として大真面目に愛読された。

新興宗教内での教義をめぐる内紛は相変わらずだったが、帝はそれを遠目に傍観しても前ほど気にならなかった。むしろ、よくもまあ飽きもせずああも細かっちいことで争えるものとカンシンしていた。あんなの相手にしてられないよ。相手にしないが上策と先達に教えられたからだけでなく、知恵の輪学園が大受けしたことから心に余裕が生まれたものとみえた。

以前のように古代宗教の儀式をやっきになって執り行うこともなく、むやみに犠牲獣を捧げたり卜占にたよることもなくなった。そのかわり、うちすてられつつあった神殿を修復し、その一角で医療行為や食料を配給するなど慈善事業を行わせるようにした。

新興宗教は強力だったが、すくなくとも古代から受け継がれた伝統文化は大事にしようという精神はひろく浸透していった。こうしてトッチャン帝の治世は、平和的まどろみのうちに過ぎていった・・。

しかし、青天の霹靂というべきか、ある日突然、東方から不穏な情報がもたらされた。そしてそれはたちまちのうちに広まり、東方の大国がこちらに向けて遠征の準備を進めているという噂が囁かれだしたのだ・・。

ちょうどそんな折に、ギョロッとした目つきをした、顔色悪く青ざめた男が、帝のもとにおしかけてきた。自分を軍事教練教官にしろと言う。なんとも高圧的な若造だ。

この者を軍事教練教官として用いるべし。
実戦経験豊富にして勇猛果敢。
必ずやお役に立つことまちがいなし。
「大」

ふざけた紹介状だとは思ったが、この「大」の署名がなにやらひっかかる。これは?・・・こっちが考え込んでいるすきに、「では、よろしくな」と言いすてて、強引に教練を始めてしまった。たしかに堂に入っている。それにすこぶる熱心だ。こちらが指示など与えるまもないほど、勝手にどんどん進めてしまう。顔色の悪さが気にはなるが、まあ大変な逸材にはちがいなかろうと任せることにした。

パカポコ、パカポコ、蹄の音。ドヤドヤした足音。がやがやいう人声。混然一体となった騒音。埃が舞い上がる。東方を指してすすむ軍隊。騎兵、歩兵。正規軍にくわえ、志願兵まで。数千の軍が、いまでは一万以上に膨れ上がっていた。

いまや、トッチャン帝は馬上にある。東方からの大軍の来襲にそなえるべく、東方州都へと赴くのだ。急ぐ旅路とはいえ、東方州都まではかなりの道のりだ。途中の方々で宿営しながら道を進まざるをえない。州都へもう一息のタルソスの地。ここで帝は、とりわけ奇怪な光景に遭遇することになった。

清らかな川のほとりに、古墳らしきものが出現したというのだ。古老の話では、もともとはまるで取るに足らないコブのようなものでしかなかったそうだ。それが不思議なことに、東の大国が攻めてくるという噂がひろがるにつれてぐんぐん大きくなり、ついには陵墓とおぼしきものになった。どなたか、先帝のお墓と思われますとのこと。たしかにトッチャン帝の目の前には、巨大な墓らしきものがど~んと鎮座ましましていた。ハッと勘がはたらいたトッチャン帝、胸騒ぎにも似た好奇心に囚われ、ためつすがめつ、念入りに墓を観察する。シダに覆われた墓石。墓石に刻みつけられた名前。かすかに読み取れる墓碑銘を凝視し、帝はすべてを悟る。それこそは、もはや覚えている人もすくない、帝自身の本来の名前なのだ。

不思議の感に打たれはしたものの、意外に心の動揺は少なかった。むしろある種の予感があったといえよう。冥府行きをまぬがれて分岐した後、すでに二十数年が過ぎ去っていた。自分がこの生を終えるのも時間の問題だろう・・・立ち去る準備は、おさおさ怠りなかった。若獅子たちも立派に成長し、すっかり大人になった。適材適所、みなそれぞれおのれにあった所を得て、それぞれの立場でトッチャンを助けてくれている。皇帝の後継者もすでに決まっていた。皆の合議によったのだが、すでに帝を補佐している胆力も雅量もそなえた兄貴的人物という、帝も満足するきわめて妥当なところに落ち着いた。もはや後顧の憂いもない・・・。

この地でも、軍隊について行きたいというものが続々おしかけたが、帝は、ここをしっかりまもるようにと命じた。若獅子たちの若干名に志願兵の指揮をとるよう命じて、自らは軍隊の大半とともに東方州都へと立ち去って行った。

いまやトッチャン帝と軍隊は、東方州都にいる。この前ここに来たのはいつだったろうか。通常でも数年に一度はここを訪れていた。だが今回は事情が事情だ。いつもとちがって、ぴりぴりした緊張感が漂っていた。不安にかられ、帝にすがりつかんばかりの市民たちに、大丈夫だから心配するなと声をかけてまわった。

敵を迎え討つあわただしい準備の合間をぬって、帝は近郊の聖地ダプネを訪れた。月桂樹の美しい森。由緒ある神殿はきれいに整備され、老司祭と助手の若者によって祭祀の伝統はしっかりと受け継がれていた。トッチャン帝に気づいた二人は、大感激で感謝の言葉を述べた。驚きと喜ばしさに、帝も二人を大いにねぎらった。

神域に新興宗教聖者の廟があるのもご愛嬌というものだ。どちらも貴重な文化財とおもえば腹も立たない。トッチャン帝は、神域が美しく保たれているのにおおいに満足を覚えた。これまで自分がやってきたことも無駄ではなかったのだ・・・。帝は、さきほどの若者の言葉を反芻した。

「実はわたしもトッチャンの息子たちの一人なのです。乳飲み子だったわたしは、首都へはついて行けず、こちらで育てられました。しかし、せめてもと、トッチャンの学園東方校で勉学をかさね、是非ともとこのお役目についたのです。帝を父と慕う心はいまもまったく変わりません」

トッチャンの目頭から熱いものが溢れだした。美しい木々のあいだを、風が心地よく吹き抜けていった。

いよいよ東方大国の軍隊が迫りつつあるという報告が届けられた。それを受けて、敵を迎え撃つべく、トッチャン帝とその軍隊は続々と、東方へ向かう城門を後にしていった。先頭よりやや後方、若獅子たちに囲まれて、トッチャン帝は馬をすすめる。件のギョロ目の軍事教練教官はいまや軍事総監として、先になり後になり、兵隊たちを叱咤激励している。相変わらずの顔色の悪さだが、とうとう時がきたとばかりに張り切っている。

行く手に迫る二股道。右手の道を上って行けば東方へつながる本街道へ。左手の道は東方州都の別の城門へ出る。分岐点・・・。いつか見たような光景だ。ド～ンという地響き。一瞬の閃光？　敵か？　いや、地震だ・・・。ズ・ズ・ズ・ズ～ン・・・大きな揺れに地滑りがおき、東方への上り道はのみ込まれてしまう。やはり、ここだったのか。視界もゆらゆら揺れる。トッチャン帝は、馬上から空へほうり出され、その意識は黒い闇に覆われた。

この地震では、二十数年前の地震以上に被害は甚大となった。軍隊のなかにも負傷者は多数でたが、死者は若干名ですんだ。そのなかにトッチャン帝と軍事総監もふくまれていた。二人の遺体は最後まで見つからなかった。正確には、地震のなか姿を消したということなのだが、死亡したとみなさざるをえなかった。

迫りつつあった敵国軍は、激しい地震に泡を食って混乱状態に陥ってしまい、戦どころの騒ぎではなくなった。この隙に乗じて、あらかじめ待ち構えていた別動隊が、敵の兵隊を追い払うこととなった。

残された者たちは後継皇帝を中心にこの難局に立ち向かったので、事態は順調に好転していった。

神々に愛された人たちが、死後そこで幸福に暮らすといわれるエーリュシオンの野原にて

「大師匠、お父上。やっとこちらに来ることができました」

「おお、おお、トッチャンよ。よく来た、よく来た。ご苦労だったの」

「本当にご苦労様でしたね。あなたは、わたしの自慢の息子。こうして直に会えてうれしいですよ」

「いやあ、すっかり年とって老けてしまいました。これでよかったのやら・・・わたしとしては最善を尽くしたつもりですが」

「なに、なに、上出来、上出来。立派なものじゃ。やはり、わしの指導がよかったじゃろ

うが」

「指導はともかく、わが息子よ、何と言っても、あなた自身の努力のたまものです。本当に立派な成果ですよ」

「お褒めにあずかり肩の荷がおりた心地です。あのう・・ところで、大王先輩は、どちらにおいでですか？　ぜひともご挨拶したいのですが」

「大王のう・・このところ姿を見せんようじゃったが、あれはどこじゃ？」

「たしかにこのところ姿を見せませんね。アチラの成り行きにやきもきしていたのは目にしましたが、そのあとどうなったやら・・・」

ドタドタと乱入。

「いよ～、トッチャン！　やっと来たか。遅かったな！　オレだ、大王だ！」

「ハア～？　あなたは？　見覚えあるような・・ないような・・・」

「おれだよ、おれ。軍事総監だってば。まさか忘れちゃいまいな」

「ハハア・・たしかに。言われてみれば似ている。でも、もっとギョロ目で、顔色悪かったような・・・」

「実はオレ、無理やりアッチに押し入ったようなわけで。ひでえ酸欠状態に苦しんでたわけよ。おかげで人相もすこぶる悪くなってたんだわ」

「そうだったんですか・・・あなたが大王先輩・・」

「チクショウ！　もうちょっとのところだったのに、引き戻されちまった。敵の大軍を蹴散らしそこねたわ」

「わたしはむしろ、ホッとしました。あそこが潮時だったと思います。こちらに来れてうれしい。これでやっと、落ち着いて哲学にはげめます。よろしくお願いします！　先輩」

「ああ、よろしくな」

「これ大王よ、どこでサボってた。トッチャンも来たことだし、おまえも哲学に身を入れなきゃいかんよ」

「哲学か・・へい、へい・・・哲学ときどき戦術じゃなく、戦術訓練ときどき哲学でいきたいですわ」

あとがき

雑多な短編集のそれぞれについて、より興味や理解を深めていただくために、少々補足説明させていただきます。

エジプトのファーティマ朝第六代カリフ、ハーキム。その特異な人物のエピソードに想を得て、追いかけっこの形で表現した怪異譚が「フーガ」です。

「閉じた時間の環」は、いつかは書いてみたいと思っていたタイム・トラベルもの。タイム・トラベルは、科学的かどうかより、書き手の書きたいという情熱の産物とわりきって突き進みました。

「ナルキッソスの黄昏　もしくは　パーンの森」。ギリシア神話中の異説をふくらませて創作したナルキッソスのエピソードと、「パーンの森」にまぎれこんだ男の話を合体させたもの。

「衣装哲学」は、いにしえのおフランスに実在したという、女装をたしなむお二人さんをヒントにした笑劇のトラウマ・コメディー。

続いて「空騒ぎのカノン」は、観音・舎利子コンビによる、行くも帰るも自由自在の、大真面目な「般若心経」コメディー。二人は、「衣装哲学」の世界へ乱入します。

「告白」は、天正遣欧使節に名前のみえる少年のうち、教団からはなれ消息不明になった少年の、その後の人生を空想してつくったお話です。

「もう一人の王、あるいは影武者」は、アレクサンドロス大王をイメージしたもの。「イスケンデル」とは「イスカンダル」の訛ったもので、アレクサンドロス大王のことです。

「狂える犬」。古代ギリシアの哲学者、犬儒派のディオゲネス。知られているその言動を勝手気ままに膨らませて創作した、法螺ばなし風自伝。

「背教者とよばれた男の数奇なる物語」は、ローマ皇帝ユリアヌスをイメージして表現したものがたり。「その一」は、その生涯にそって私なりにまとめていますが、その夭逝をいたみ残念におもう気持ちが、並行世界的な「その二」の創作へと向かう原動力となりました。

その他についても、いろんなところからヒントは得ていますが、結局のところは放恣な空想の産物であり、わざわざ書くほどのことではない気がするので、割愛させていただきます。どうしても気になる方は、作者にきいてみてください。

参考文献

プレセペ讃歌

『全天 星雲星団ガイドブック―小型カメラと小望遠鏡による星雲星団の観測』
藤井 旭著 誠文堂新光社　一九九一

『ギリシア・ローマ神話辞典』 高津春繁著 岩波書店　一九八九

『星座と神話がわかる本』 宇宙科学研究倶楽部編 学研パブリッシング　二〇一三

アステリオーン

前掲『ギリシア・ローマ神話辞典』

前掲『星座と神話がわかる本』

南のかんむり

前掲『ギリシア・ローマ神話辞典』

前掲『星座と神話がわかる本』

ナルキッソスの黄昏 もしくは　パーンの森
前掲『ギリシア・ローマ神話辞典』

空騒ぎのカノン
『現代語訳 般若心経』玄侑宗久著 筑摩書房　二〇一一
『般若心経』金岡秀友 校注 講談社　二〇一二

告白
『天正遣欧使節』松田毅一著 講談社　二〇〇〇

狂える犬
『ギリシア哲学者列伝』（中）　ディオゲネス・ラエルティオス著 加来彰俊訳　岩波書店　一九九五

背教者とよばれた男の数奇なる物語
『ローマ帝国衰亡史』3，4 エドワード・ギボン著 中野好夫ほか訳 筑摩書房　一九九六

著者プロフィール

絲杉 幽（いとすぎ かすか）

茨城県出身。千葉県在住。

東北大学理学部卒。

慶應義塾大学文学部（哲学）通信教育課程卒業。

図書館司書の経験あり。

趣味は国内外への旅行で、ヨーロッパ、小アジアなどへの自由旅行あり。

出版は私家版で、『アゼルファファゲ』（1984年）、『デビリッシマ』（1988年）、『アケルナル』（2006年）

プレセペ讃歌 てんでんばらばらに群がりあう短編集

2023年1月15日　初版第1刷発行

著　者　絲杉 幽
発行者　瓜谷 綱延
発行所　株式会社文芸社
〒160-0022　東京都新宿区新宿1－10－1
電話　03-5369-3060（代表）
03-5369-2299（販売）

印刷所　株式会社フクイン

ISBN978-4-286-27063-0